KB064469

에세이즘

Essayism

에세이즘

브라이언 딜런
김정아 옮김

Brian Dillon

에밀리 라바지Emily LaBarge에게

일러두기

- 본문 하단의 모든 각주는 역자와 편집자가 달았다.
- 원문의 이탤릭체 단어는 단순 강조의 경우 고딕체로 표기했다.
- 단행본과 잡지는《 》로, 토막글과 시, 영화, 미술 작품은〈 〉로 표시했다.
- 국내에 번역·출간된 작품은 가급적 그 제목을 따랐고 그 외엔 역자가 우리말로 옮겼다.

결정체임을 증명해야 하지만,

파열을 통해 결정체의 영속성을 증명하기도 해야 한다.

– 윌리엄 칼로스 윌리엄스, 〈버지니아에 관한 에세이〉(1925)

그런 글이 있다고 쳐보자.

– 롤랑 바르트, 《텍스트의 즐거움》(1973)

차례

에세이와 에세이스트에 관하여

나방의 죽음에 대한,[1] 굴욕에 대한,[2] 후버 댐에 대한,[3] 그리고 글 쓰는 법에 대한[4] 글이 있다. 어느 저자의 책상 위 물건들을 적은 일람표[5]가 있고, 안경을 쓰지 않는 그 저자의 안경 착용 설명서[6]가 있다. 또 다른 저자가 말에서 떨어져 정신을 잃은 날 자기 자신에 대하여 배운 것[7]이 있

1   버지니아 울프, 〈나방의 죽음〉

2   웨인 쾨스텐바움, 《굴욕》

3   존 디디온, 〈그 댐에서〉

4   거트루드 스타인, 《어떻게 쓸 것인가》

5   조르주 페렉, 〈내 작업대에 있는 물건들에 관한 노트〉

6   조르주 페렉, 〈안경에 대한 고찰〉

7   미셸 드 몽테뉴, 〈수련에 관하여〉

다. 코에 대해,[8] 식인종에 대해,[9] 방법에 대해[10] 쓴 글이 있다. '럼버lumber'라는 단어에 깃든 다종다양한 의미[11]가 있다. 작가 본인일 수도 있고 작가의 우아한 대역일 수도 있는 화자가 수십 년에 걸쳐 발표한(도시에서 혼란을 겪는 자신의 처지를 얼마나 태평스럽게 묘사했는지 그게 모두 실화라는 걸 아무도 알아채지 못한) 여러 짧은 글들[12]이 있다. 통돼지 구이에 관한 고찰[13]이 있다. 언어의 더미를 표현한 글[14]이 있고, 폐허 여행기[15]가 있다. 글의 어조와 구조가 글의 소재를 너무 닮아가거나 감추어버려서 이에 당황한 구독자들이 한꺼번에 이탈하는 잡지 칼럼[16]이 있다. 죽어가는 사람의 귀에 속삭여 줄 만한 문장[17]이 있다. 에세이에 관한 에세이[18]가 있다. 한 저자와 위대한 재즈 가수 간의 짧

---

8   뮤리엘 스파크, 〈코에 관하여〉

9   미셸 드 몽테뉴, 〈식인종에 관하여〉

10   르네 데카르트, 《방법서설》

11   니컬슨 베이커, 《생각들의 크기: 에세이들과 또 다른 럼버》

12   메이브 브레넌, 《잔말 많은 아가씨》

13   찰스 램, 〈돼지구이를 논함〉

14   로버트 스미슨, 〈언어의 더미〉

15   로버트 스미슨, 〈뉴저지 퍼세익의 명소 여행〉

16   버지니아 울프, 〈웸블리의 천둥〉

17   에밀 시오랑, 《태어났음의 불편함》

18   버지니아 울프, 〈현대의 에세이〉

고 애매했던 우정에 관한 글[19]이 있다. 우울증을 논하면서 그 밖의 모든 것까지 다루는 논문[20]이 있다. 논리와 언어의 차원에서 흩날려 사라지거나 녹아 없어지는 종류의(작가의 뛰어난 기교 때문에, 아니 어쩌면 작가의 부주의 때문에 독자는 '저기서 여기로 어떻게 온 거지?'라고 자문하면서 책장을 몇 번이고 되넘기게 되는) 글[21]이 있다. 시인이 죽기 며칠 전에 자기 시체를 그린 그림 앞에서 죽음을 주제로 행한 설교와, 그 설교에서 은유가 발휘하는 힘(무덤으로서의 자궁, 소용돌이로서의 무덤, 우리를 구원하기 위해 내밀어진 죽음의 손)[22]이 있다. 긴 독서가 있다. 쇠망의 짧은 역사[23]가 있다. 일기의 자기 계발적 다짐("옷에는 단추를 달고, 입에는 단추를 잠글 것")[24]이 있다. 한 마리의 곤충 또는 한 줄기 빛의 모습을 한 춤꾼에 대한 글[25]이 있다. 사랑을 A부터 Z까지 서술한 글, 인생을 A부터 Z까지 서술한 글이 있다. 말 없는 어릿광대가 나오는 영화 장면을 초 단위로 분석하는 글("우리가 존재를 죽어라 해석하지 않는다면 우리는 존재를

19   엘리자베스 하드윅, 〈빌리 할러데이〉
20   로버트 버튼, 《우울증의 해부》
21   윌리엄 개스, 《파랑에 관하여》
22   존 던, 〈죽음의 결투〉
23   에밀 시오랑, 《쇠망의 짧은 역사》
24   수전 손택, 《다시 태어나다》
25   버지니아 울프, 〈나방의 죽음〉

상대로 잔학 행위를 범하게 된다")[26]이 있다. 창밖의 소들에 관한, 소들의 움직임과 육중함, 소들이 느끼고 있을지 모르는 감정에 대한 글이 있다. 깜짝 놀랄 일이 곧이어 벌어지는 글이 있다. 고분고분하게 만들고 실력을 향상시키고 이해력을 키우고 천박한 야망을 적당히 갖추도록 하기 위해 선생들이 내고 평가했던, 시험이 필요하다는 이유로 시험이 된 과제가 있었다. 그러나 나중에는 도서관에서 그리고 이불 밑에서 다음과 같은 것들이 발견된다. 번득임과 번쩍임, 혼미한 어둠을 찔러보는 시도,[27] 허공에 던져진 노력과 힘 등이. 그리고 또한 스타일이 있다. 상스러운 즐거움으로서의 스타일이. 하나같이 경박하고 꼬여 있으며 겉멋뿐인, 너무 기교적이라 난잡하다고밖에 말할 수 없는 스타일리시한 글. 곁눈질과 부도덕과 탈선에 둘러싸인 예술이 있다. 고된 배움에의 중독이 있다. 구두점과 그것의 의미 및 윤리에 대한 연구가 있다. 일곱 개의 다다 선언문[28]이 있고, 마흔한 번의 잘못된 시작[29]이 있으며, 열세 개의 테제로 정리된 작법[30]이 있다. 역마차 충돌 사고

26   웨인 퀘스텐바움,《하포 마르크스의 해부》

27   에밀 시오랑,〈혼미한 어둠을 찔러보는 시도들〉

28   트리스탄 차라,《일곱 개의 다다 선언문과 전등 제조법》

29   재닛 맬컴,《마흔한 번의 잘못된 시작》

30   발터 벤야민,《일방통행로》

를 앞둔 몇 초 동안 저자의 머릿속에 떠오른 것들을 서술한 글(장소는 맨체스터와 글래스고 사이의 어딘가, 때는 "워털루 이후로 두 번째인가 세 번째로 맞은 여름")[31]이 있다. 카오스를 기록한 글[32]이 있다. 고백에 대한,[33] 차가운 기억에 대한,[34] 모래 수집에 대한[35] 글이 있다. 진귀한 수집품들에 대한 글[36]이 있다. 가구의 철학을 다룬 글[37]이 있다. 근래에 관측한 일식日蝕을 서술한 글[38]이 있다. 비행이 아직 새로운 행위였을 때 런던 상공을 높이 날아올라 은빛 안개와 쏟아지는 우박 사이를 비행한 감상문이 있다. "우리는 위풍당당하게 진격하는 내내 무수한 기후의 화살을 맞았다."[39]

이런 글을 정의하는 것이 얼마나 어려운가 하면, 글 이름이 무려 에세이다. 노력하고, 시도하고, 시험하는 글.[40]

---

31   토머스 드 퀸시, 〈영국의 우편 마차〉

32   모리스 블랑쇼, 《카오스의 글쓰기》

33   토머스 드 퀸시, 〈어느 영국인 아편중독자의 고백〉

34   장 보드리야르, 《차가운 기억들》

35   이탈로 칼비노, 《모래 수집》

36   토머스 브라운 경, 〈비공개 박물관〉

37   에드거 앨런 포, 〈가구의 철학〉

38   버지니아 울프, 〈태양과 물고기〉

39   버지니아 울프, 〈런던 상공 비행〉

40   에세이essay에는 노력, 시도, 시험이라는 뜻도 있다.

추정하거나 감행하는 만큼, 실패로 끝날 가능성도 높은 글. 재난의 틈에서 무언가를 구해낼 가능성이 있는 글. 형식, 스타일, 표면적 짜임새의 차원에서 무언가를 이룩할 가능성이 있는, 그리고 이로써(누군가는 "이로써"에 이견이 있을지도 모르지만) 사유의 차원에서도 무언가를 이룩할 가능성이 있는 글. 감정의 차원에서는 두말할 필요가 없는 글. 이런 글을 그림으로 그려보면, 주장 또는 서사라는 물길들과 글자라는 섬들이 한데 모여 한 편의 작품 혹은 한 작가의 작품이라는 다도해가 된다. 페이지가 작은 만이라면, 글자는 그 위에 간격을 두고 떠 있는 부표다. 그리고 그 사이로 온갖 것들이, 설교가, 대화가, 목록과 설문이, 낱장의 인쇄물이, 한 편의 에세이로 여겨질 수 있는 한 권의 책이 흐르거나 가라앉는다. 수면 아래에는 그렇게 침전된 모래톱이 쌓여 있다. 에세이에서 특별한 억양이 들려온다면, 그 억양이 만들어지는 곳은 그 해저일 것이다. 우렁차고 권위 있는 억양, 뜨겁게 화르르 불타는 억양, 괴로울 정도로, 아니 짜릿할 정도로 느리면서도 엄밀한 억양, 멈칫멈칫 조심조심 모색하는 억양, 과격할 정도로 강경한 억양, 이 모든 것들이 이리저리 뒤섞여 있거나 이것저것 혼합돼 있는 억양이 만들어지는 그곳. 지도에도 안 나오는 그 해저. 하지만 그렇다고 해도 우리는 옛 항로들을 따라 에세이의 기원으로 가는 길을 찾을 수 있고 거기서 또다시 모험을 떠날 수도 있다.

　나는 어떤 에세이, 어떤 에세이스트를 꿈꾸는가. 현실 속 저자든 상상 속 저자든, 이 장르(물론 에세이를 장르라고 부르는 건 전혀 맞지 않지만)에서 이미 실현된 본보기이든 실현 불가능한 본보기이든, 내가 그 저자와 그 본보기에게 바라는 것은 정확함과 애매함의 결합이다. (이것은 내가 생각하는 글쓰기의 정의이기도 하다.) 또 내가 바라는 것은 가르치고, 유혹하고, 혼란스럽게 하는 형식, 이 세 가지 일을 균등하게 수행하는 형식이다. (마이클 햄버거는 이렇게 말했다. "그러나 에세이는 형식이 아니며, 그 어떤 형식도 갖지 않는다. 에세이는 에세이의 규칙을 창조하는 게임이다.") 사실 이는 에세이만이 아니라 예술이나 문학 전반에 요구되는 조건이라고도 볼 수 있지 않을까? 어쩌면 하나의 범주가 모두를 대표하고 있으며, 내가 모든 예술 형식에 바라는 것을 이 범주가 정의하고 있는 건지도 모르겠다. 나의 팬심을 자극하는 이 에세이라는 것의 범위, 그 속성 혹은 경향성의 범위가 어디까지일지에 대한 이야기도 뒤에서 하게 되겠지만, 당장 여기서는 내가 에세이에 바라는 것이 그 결합, 정확한 찌름과 찔리는 아픔의 결합이라는 이야기로 충분할 것 같다. (앞의 목록에서 제목으로 소개되거나 내용으로 암시된 모든 에세이가 바로 그러한 것들로, 대부분은 실제로 발표된 작품들이다.)

에세이가 아픈 상처이면서 동시에 아픈 곳을 찌르는 행위이기를 바란다고 말하면, 내가 스타일(이라는 그 고풍스런 양식) 말고는 아무것도 관심 없는 것처럼 들릴지 모르겠다. 그게 사실일 수도 있다. 하지만 스타일이라는 게 그런 것 아니던가? 허무와 싸우는 것. 무질서하고 무의미한 세상에서 어떤 자세를, 어떠한 노선을 뽑아내는 것. 스타일은 또한 스포츠sport[41]라고도 할 수 있다. 한편으로는 경기의 규칙이 아니라 선수가 받는 상이라는 의미에서, 다른 한편으로는 식물학적 변종이나 신종, 아방가르드 돌연변이라는 의미에서. 물론 결국엔 돌연변이도 이 세상과 융화할 테고, 궤도를 벗어난 것은 나름의 궤도를 찾게 될 것이며, 괴짜와 소수자도 울타리 안에서 길들겠지만. 진귀한 수집품들이 깔끔하게 분류되어 전시실의 진열장에 안전하게 보관되듯이.

이 모든 이야기는 그저 나의 희망 사항인지도 모른다. 나는 (아직) 존재하지 않는 형식을 묘사하고 있는 건지도 모른다. 논픽션은 새로운 픽션인가, 에세이는 새로운 소설인가, 고백록은 새로운 창작물인가와 같은 물음에 대한 성찰이 수많은 온오프라인 칼럼을 채우고 있는 만큼 많은 작가들과 독자들이 이 장르에 희망을 걸고 있지만

---

41 'sport'에는 스포츠 경기라는 뜻과 함께 동식물의 돌연변이라는 뜻도 있다.

(부탁인데 '크리에이티브 논픽션'이라고는 부르지 말아 주기를), 견고한 실체로서의 에세이나 기성 범주로서의 에세이에 대해 써보라는 주문, 그리고 에세이의 불확실한 기원부터 에세이가 문학 장르로서 흥하고 쇠했던 각 국면을 거쳐 출판계의 겸손한 망령이 된 현재적 위상까지의 역사에 대해 착실히 정리해 보라는 주문 앞에서는 뭘 어떻게 써야 할지 전혀 모르겠다. 아니, 차라리 그보다는 에세이에 대한 에세이를 어떻게 써야 하는지, 그 에세이의 평가 기준은 무엇인지, 그런 에세이의 논의는 어디를 향하는지, 눈앞의 텍스트에 멍에를 씌우듯 에세이라는 형식을 설명하려는 일이 얼마나 제자리를 도는 느낌을 주는지 너무 잘 안다고 해야겠다.

나 역시 원형과 선형 그리고 균형미를 모두 좋아하지만 (실은 더 많이 좋아해야 작가로서나 인간으로서 나에게 유리할 테지만), 그렇다고 해도 이 지면에서 에세이에 대한 고상한 논의를 펼치겠다거나 날카로운 옹호론, 번지르르한 변론, 흥분에 찬 성명서 따위를 써내겠다거나 하는 생각은 들지 않는다. (나에게 논술 알레르기가 있어서겠지만, 정치 에세이라든가 사나운 비판론에 열성적인 분들이 이 책을 본다면 에세이의 본보기가 되는 작품이 하나도 없다고 생각할지도 모르겠다. 에세이에 과격한 면이 있는 게 싫다는 건 아니지만, 나는 글이 시종일관 우격다짐이면 잘 믿지 못하게 되는 편이다.

나는 어딘가 비스듬한 게 좋아서, 에세이가 화살을 쏠 때는 과 녁을 향해(과녁은 반드시 있어야 하므로) 비스듬히, 혹은 갈등하는 마음을 가득 담아 겨냥하는 것이 좋다. 이 또한 정치적일 수 있고 심지어 급진적일 수도 있다. 때론 다른 무언가로 보이기도 할 텐데, 예전에는 그것을 형식주의라고 부르거나 심미주의라고 일축하기도 했다.) 이 책에 실린 글은 모두 짤막짤막하고 산발적이다. 이렇게밖에 쓸 수 없어서다. 일종의 논거를 통해 무질서를 해결해 보려는 대목도 있지만, 무질서 그 자체인 듯한 대목도 있다. 위대한 에세이스트들의 작품에는, 그리고 아마도 그렇게까지 위대하지는 않은 에세이스트들의 작품에도, 일관성의 부족 또는 일관성의 거부를 시인하는 대목이 다수 있다. 시인 윌리엄 칼로스 윌리엄스는 이 책 서두에 실린 에피그라프의 출처이기도 한 에세이에서 이렇게 말한다.

각각의 에세이는 저마다 정해진 테두리가 있고 바깥쪽에서 안쪽을 향해 움직인다. 모든 스타일들이 친애하는 친구인 일관성에서 벗어나지 않은 채로. 일관성은 모든 작문의 가장 얄팍한, 가장 값싼 속임수다. 지성의 진부함을 가장 분명하게 드러내 보이는 것으로 일관성만 한 것이 없다. 좀처럼 관심이 가지 않는 하찮은 것으로도 일관성만 한 것이 없다. 모든 글에는, 그게 무슨 글이든, 일관성이 있기 마련이다. 미숙한 글이나 못 쓴 글은 특히나 끔찍할 정도로 일관적이다. 그러나 에세이에서의 실력은 다중화하는 것, 무한히 파열시키는 것, 상충하는 힘들을 교차시켜 상충하는 구심점들을 끝없이 만들어내는 것이다.

기원에 관하여

　기사나 논문이나 강의에서 에세이에 대해 설명할 때는 항상 이 단어의 어원을 알려준다. 에세이는 '시도'라고. 그래서 완벽함을 자처하지도 않고 철저한 논의를 추구하지도 않는다고. 이런 말은 에세이 형식에 대한 비평적 설명이라기보다 그저 클리셰를 되풀이하는 잡담이라서, 에세이에 관해 알게 해주기보다는 오히려 에세이의 많은 것을, 그리고 시도한다는 것이 무슨 의미인지를 알지 못하게 만든다. 모색할 뿐 확정하지 않는다는 에세이의 한 속성이 과하게 확고한 사실로 정립된 탓이다. 그러나 에세이스트와는 확실히 거리가 멀었던 G. W. F. 헤겔은 언젠가 말했다. 익숙하게 알고 있는 것은 결코 제대로 알고 있는 것이 아니라고. '시도'를 뜻하는 프랑스어 동사는 어떤 과정을 거쳐 지금 우리가 에세이라고 알고 있는 그것을 뜻하기에 이르렀을까?

스위스 비평가 장 스타로뱅스키의 1983년 글 〈에세이를 정의할 수 있을까?〉에 따르면, 시도해 본다는 뜻의 '에세예essayer'는 12세기부터 있었던 단어로, 저울을 뜻하는 후기 라틴어 '엑사기움exagium'에서 왔다. 그리고 "이 단어는 무게를 잰다는 뜻의 '엑사기아레exagiare'에서 왔다. 이 계열의 단어 중 하나인 '엑사멘examen'은 일차적으로 '뾰족하고 가는 물건'이나 '저울의 바늘'을 뜻하고 이차적으로는 '측정' '시험' '감독'을 뜻한다." 다시 말해, 에세이는 무엇보다도 스스로를 시험하는 글이 아니라 대상을 측정하는 글이다. 글 자체의 힘, 글을 쓰는 저자의 힘을 재는 글이 아니라 자기 밖에 있는 어떤 것을 재는 글이다. 에세이 쓰기essaying는 가늠하기assaying이다. (역사적으로 에세이는 휘둘러 보기, 미리 가보기, 본보기를 뜻하기도 했고, 사슴의 가슴 또는 가슴살을 뜻하기도 했다.) 그러나 이 바늘들은, 즉 초기에 에세이라는 단어가 뜻했던 정밀한 측정 도구로서의 저울 바늘들은 (일단 스타로뱅스키의 정리에 따르면) 어느새 증식하기 시작한다.

'엑사멘'에는 '계량' '시험'이라는 뜻과 함께 '벌의 떼' '새의 떼'라는 의미가 있고, 이 계열의 어원은 동사 '엑시고exigo'로 '몰아내다' '쫓아내다' 나아가 '강요하다'라는 뜻이 있다. 오늘날 통용되는 단어의 핵심 의미가 머나먼 과거에 통용되던 의미에서 비롯됐다는 건 얼마나 멋진 일인가! 에세이는 정밀하게 측정하는 일, 세심하게 검토하는 일일 수도 있지만, 말[馬]의 떼를 날아오르게 하여 확장을 꾀하는 일일 수도 있다.

이처럼 에세이는 다채롭다. 북적북적하다.

물론 에세이는 시도하기도 한다. 그리고 포기하기도 한다. 위대한 에세이스트들의 글을 보아도 에세이 논법이나 에세이 형식의 본질적 속성이 시험임을 천명하는 대목들이 많다. (에세이스트는 때로 자신이 에세이스트임을 부끄럽게 여겨 에세이의 그런 시험성을 규탄하기도 한다.) 17세기 벽두에 두 권의 에세이집을 펴낸 윌리엄 콘월리스 경은 이렇게 말한다.

나의 글은 그저 에세이다. 지식 심문관의 도제로 들어온 지 얼마 되지 않은 나에게 이 종이는 그저 연습장이다. 화가의 도제가 버려진 화판을 이용해 손과 상상력이 서로 친해지게 하려고 하는 것과 같다. 소화되지 않은 생각의 흐름을 쏠 때는 이런 글이 어울린다. 다시 말해 머리가 자기 수준을 모르고 있을 때는 이런 글이 어울린다. 신중한 달리기 선수가 출발 자세를 연습하는 것과 같고, 가모가 식료품을 구입하기에 앞서 맛을 보는 것과 같다.

한편 프랜시스 베이컨에게 에세이의 미덕은 간결함이고, 간결한 형식의 최고봉은 잠언이다.

잠언에는 체계적인 글이 범접할 수 없는 탁월한 미덕이 많이 있다. 우선, 잠언은 작가가 껍데기인지 알맹이인지 시험할 수 있다. 잠언이 우스개일 때를 제외하면 그 안에 들어갈 수 있는 것은 학문의 알맹이뿐이기 때문이다. 잠언을 보면, 논증 과정은 잘려서 없고 사례 열거도 잘려서 없고 구조 설명도 잘려서 없고 논법 묘사도 잘려서 없다.

그러나 에세이라는 형식 안에서는 충돌이 일어난다. 에세이는 질료의 정수, 질료의 핵심을 표현해 내고자 하고 그것을 위해 세련됨과 온전함에 도달하고자 하지만, 한편으로는 전체를 다루지 않기를, 불완전하다는 것 자체에 가치가 있기를 고집한다. 불완전함이 대담함, 호기심, 불안정한 흔들림이라는 글 쓰는 정신의 본성을 더 잘 반영해 주니까.

이런 상충하는 경향들을 하나로 묶어주는 것은 무엇일까? 이에 고전을 배우는 우리는 글 쓰는 '나'라는 대답과 함께 몽테뉴를 믿고 인용한다. 그의 에세이 〈수련에 관하여〉에는 이런 대목이 있다.

내가 쓴 이것은 주의 주장이 아니라 습작이고, 여기서 조언의 대상은 다른 누구도 아닌 나 자신이다. 물론 그렇다고 해도 나에게 필요한 이것이 우연히 다른 누군가에게도 필요할 수 있는 만큼, 내가 이것을 전한다고 하여 나를 원망하진 말지어다. 내가 누구에게 해를 가하는 것도 아니고, 내 소유가 아닌 것을 낭비하는 것도 아니며, 이것이 우행이라 해도 후사 없이 죽을 나의 우행이니, 그 손해는 나의 손해일 뿐 달리 누구에게 해가 되겠는가.

'나'가 이렇듯 자제적인 동시에 잠정적이라는 것도 중요하지만, 분산적이라는 것도 그에 못지않게 중요하다. 스타로뱅스키의 표현을 빌리면, 에세이는 반복도 가능하고 변경도 가능한 형식, 연작일 수 있고 잡다할 수도 있는 형식인 만큼 몽테뉴의 에세이들은 바로 그 다종다양함을 통해 에세이라는 형식을 드러내거나 받아들인다. 〈수련에 관하여〉가 말해주듯, 그렇게 다종다양하다는 것이 바로 자아의 속성이니까. 어느 날 몽테뉴는 덩치가 작고 걸음걸이가 불안정한 말을 타고서 길을 가고 있었는데, 그때였다.

나의 부하 중에 유난히 덩치 큰 부하가, 물려진 재갈에 고통스러워하면서도 팔팔하고 혈기 왕성한 한창때의 비*거세마를 타고 따라오다가, 전사가 되어 동료들을 제치고 싶었는지 갑자기 전속력으로 나를 향해 돌진해 오더니 거대한 동상과 같은 모습으로, 작은 말에 탄 작은 내 몸 위로 무너져 벼락처럼, 뻣뻣하고 묵직하게 우리를 거꾸러뜨리니, 어느 정도였냐 하면 쓰러져 누운 말은 죽은 듯 멍하고, 열 발 내지 열두 발 튕겨 나간 나는 벌러덩 자빠진 채, 얼굴은 온통 멍들고 까진 채, 손에 쥐고 있던 나의 장검은 열 발 너머로 날아간 채, 나의 혁대는 산산조각 난 채, 그렇게 미동도 감각도 없는 나는 나무토막이나 마찬가지였다.

몽테뉴는 그러다가 점차 감각을 되찾게 되는데, 그렇게 정신을 차린 '나'는 조금 달라져 있다.

시각이 막 돌아왔을 때는 시야가 얼마나 탁하고 흐릿하고 자욱한지, 밝다는 것을 제외하고는 알아볼 수 있는 것이 아직 아무것도 없었다. 마음의 감각들이 깨어나는 과정도 몸의 감각들이 깨어나는 과정과 비슷했다. 온통 피범벅인 내 모습이 보였는데, 알고 보니 나의 전사복 여기저기에 내가 토한 피가 묻어 있는 것이었다. […] 목숨이 경각에 달려 있다고 느낀 나는, 눈을 감는 것이 목숨을 확실하게 떨쳐내는

데 도움이 될 것만 같아서, 그렇게 두 눈을 감은 채 나의 몽롱하고 허탈한 상태를 즐겼다. 기운이 없기로는 몸이나 마찬가지였던 마음을 막연히 맴돌 뿐인 생각이었지만, 솔직히 말하면 기분 나쁜 데가 전혀 없는 것은 물론이고 까무룩 잠들 때처럼 기분 좋은 데가 있는 생각이었다.

몽테뉴의 에세이들이 어떤 종류의 자아를 수용하고 표현하는가를 알 수 있는 대목이다. 에세이의 주체, 써보는 주체가 어떤 존재인가 하면, 몽롱하고 산만하고 정신을 잃을 위험이 있는 존재, 그렇게 자기를 잃어버렸다가 여긴 어딘가 나는 누군가 하면서 정신을 차리는 존재다. 의식의 자리를 떠난 '나'는 의식의 반대편 끝에서 사방으로 흩어진다.

에세이즘에 관하여

내가 '에세이즘'이라는 말을 무슨 뜻으로 쓰고 있는지 생각해 본다. 에세이즘은 단순히 에세이라는 형식을 실천하는 것이 아니라 에세이 형식에 대한 어떤 태도를 의미한다. 에세이의 모험 정신과 에세이의 미완성성에 대한 태도, 그리고 그 밖의 많은 것들에 대한 태도를. 로베르트 무질이 《특성 없는 남자》 중 '온 세상이, 그중에서도 특히 울리히가 에세이즘의 유토피아를 신봉한다'라는 제목의 62장에서 보여주는 것과 비슷한 태도다.

그에게는 자기 계발에의 의지라는 본성이 있는 탓에 완성품에 대한 믿음이 없는데, 그가 마주치는 모든 것이 겉보기에는 완성품이다. 그는 예감한다. 이 세상이 겉보기만큼 견고한 건 아니겠구나. 확실한 것, 확실한 나, 확실한 형태, 확실한 근거라는 건 이 세상에 없겠구나. 온 세상은 눈에 보이지 않는, 결코 멈추지 않는 변화 속에 있겠구나. 더 많은 미래가 깃든 곳은 견고한 곳이 아니라 그렇지 않은 곳이겠구나. 현재란 아직 오류로 밝혀지지 않은 가설일 뿐이겠구나. [⋯] 그런 이유에서 그는 무언가로 고정되는 것을 주저한다. 성격, 직업 같은 고정된 것들은 훗날 남아 있을 자기 해골을 미리 그려 보이는 표상들인 것만 같아서.

무질의 은유는 매우 인상적이다. 울리히는 "스스로를 어느 쪽으로든 갈 수 있는 한 걸음이라고 느낀다." 이 소설가는 (아니면 이 소설의 화자는) 에세이가 어원상 시도라는 것을 받아들이는데, 여기에는 오해의 소지가 있다. 시도라는 말은 시도한 일이 잘못한 일일 수 있다는 것을 암시하는데, 에세이는 잘잘못의 차원과는 무관하기 때문이다. 에세이는 진리라는 견고한 지위를 얻을 수도 있고 그러지 못할 수도 있는 잠정적 차원과는 무관하다. "에세이에 진리와 허위, 현명함과 어리석음 같은 개념을 적용하기란 특히나 불가능하다. 다만 에세이에도 엄격한 규칙이 있다. 겉보기에는 마냥 부드러운 것 같고 설명하기 어려운 것 같지만 그럼에도 반드시 지켜져야 하는 규칙이다."
에세이즘은 시험해 보고 가정해 보는 태도이지만, 생각

속에서, 글 속에서, 삶 속에서 뚜렷한 윤곽을 그리는 습관이기도 하다. 에세이들과 에세이스트들에게 내가 매혹되는 점은 에세이가 이런 두 충동의 배합, 즉 위험이나 모험에의 충동 그리고 완결된 형식이나 미적 완성에의 충동 사이에서 흔들리는 장르라는 인상이다. 1925년에 발표된 〈현대의 에세이〉에서 버지니아 울프는 "에세이에도 다양한 형식이 있"음을 언급하면서도, 에세이는 재미있어야 하기에 형식적으로 온전해야 하는 장르임에 주목하기도 한다.

에세이를 쓸 때의 원칙은 그야말로 재미를 주어야 한다는 것이고, 우리가 에세이를 꺼내 읽을 때의 마음도 단연코 재미를 얻고 싶다는 것이다. 에세이에 담기는 모든 것은 그러한 목적에 복무되어야 한다. 에세이의 첫 단어는 우리를 홀려놓아야 하고, 우리는 에세이의 마지막 단어와 함께 깨어나 개운함을 맛보아야 한다. 홀려 있는 동안에는 즐거움, 놀라움, 흥미로움, 노여움의 온갖 경험들을 맛볼 수 있으니, 찰스 램과 함께 환상의 하늘로 높이 날아오를 수도 있고 프랜시스 베이컨과 함께 지혜의 바다로 깊이 뛰어들 수도 있지만, 절대로 중간에 깨어나서는 안 된다. 에세이가 바다라면 우리는 바다에 떠 있는 섬이어야 하고, 에세이가 커튼이라면 세계 곳곳에 드리워져야 한다.

에세이는 잡다함과 생소함을 품은 장르일 수 있고 그런 장르여야 하지만, 그렇게 다양하고 광범위한 장르라는 것이 무형식의 장르라는 뜻은 아니다. 지식이나 학식도 에세이가 즐겨 들여오는 것들 중의 하나지만, "학식이 에세이에 들어왔을 때는 사실이나 정보가 밖으로 삐져나오거나 주의 주장이 형식의 표면을 망가뜨리지 않도록 글의 신비한 힘에 의해 녹아들어야 한다." 에세이는 손상된 곳 없이 온전하고, 솔기 없이 매끄럽고, 완성도가 높다. 단, 그렇지 않은 에세이, 그러니까 어딘가 망가진 것 같고 왠지 미흡한 것 같은, 재미없을 가능성을 인정하는 에세이는 예외다. 물론 같은 에세이가 두 경향을 모두 가질 수도 있다. 울프 자신이 바로 그런 경우다.

에세이 장르의 이런 특징들이 항상 긍정적으로 받아들여져 온 것은 아니다. 예를 들어 에세이는 (울프가 말하는 에세이의 특징인) 읽는 동안의 재미를 제외하고는 이득이 별로 없는 장르라고 쉽게 일축당한다. 에세이에 들어와 있는 지식은, 울프도 이야기하듯, 너무나도 온전하고 매끄럽게 녹아들어 있는 지식인데, 바로 그런 특징 탓에 에세이는 폄하당한다. 한편 에세이는 부분적, 미완적이라는 특징 탓에 폄하되기도 한다. 에세이라는 형식에는 모종의 가벼움이 필수이고, 가벼움의 지지자 중엔 무려 오스카 와일드, 이탈로 칼비노, 조르주 페렉 같은 작가들이 있음에도

불구하고, 가벼움은 나쁜 평판에 시달려왔다. 1958년에
〈형식으로서의 에세이〉에서 테오도어 아도르노는 에세이
에 대한 일반적 비난의 근거 몇 가지, 예컨대 무체계성, 불
철저함, 독창적 개념의 부재 따위를 열거한 뒤 그것들을
조목조목 반박함으로써 에세이 장르를 옹호한다. 아도르
노에 따르면, 에세이스트는 주어진 주제에 대해 할 수 있
는 말을 모두 해야 한다고 느끼지 않는 작가이고, 이미 철
학 안에 존재하는 개념들을 사용하는 것에 만족하는 작
가이다. 마지막으로 에세이가 체계를 거부하는 장르라는
점과 관련해서 그는 이렇게 말한다.

체계가 무조건 좋은 것인가를 실제로 의심해 보는 장르는
에세이 외에는 거의 없었다. 에세이는 비동일성에 대한 의식
이 있어야 한다고 말하는 데 그치는 것이 아니라 비동일성
을 실제로 의식하는 장르이니, 에세이의 급진성은 급진주의
가 아니라는 점, 모든 일원주의를 포기한다는 점, 전체보다
부분을 더 강조한다는 점, 편린이라는 점에 있다.

그리고 일시성과 영속성에 대한 에세이의 태도와 관련
해서는 이렇게 말한다.

에세이가 편린적이고 자의적이라는 이유로 에세이에 반대하

는 경우가 많은데, 사실 이런 이견은 총체성의 소여성을 기정사실화하고 그로써 주체와 객체의 동일성까지 기정사실화하는 편견이요, 인간이 총체를 파악할 수 있다고 여기는 편견이다. 에세이는 일시성에서 영속성을 추출해 내고자 하는 대신에 일시성을 영속화하고자 한다.

목록에 관하여

이 책의 첫 장을 목록으로 시작했는데, 이 장도 목록에 관한 이야기다. 글이 음악이라면 목록은 지루하게 반복되는 리듬이다. 전문 용어로는 열거법parataxis. 성경 독자라면 익히 알고 있을 글쓰기 양식이자 어린아이와 함께하는 부모나 교원이라면 익히 알고 있을 말하기 양식. 열거법의 말하기란 이런 것이다. '이런 일이 있었고, 저런 일이 있었고, 이렇게 또 다른 일이 있었다. 그리고 또 다른 일, 또 다른 일, 또 다른 일이 있었다.' 단서를 달거나 의구심을 표할 수 없고, 앞에서 나왔던 이야기로 되돌아갈 수 없으며, 앞서 밝혔던 생각을 바꿀 수도 없다. 종속절도 없고, 생각의 굴곡도 없다. 시작이 있고, 내용이 있고, 끝이 있다. 하지만 무관한 것들을 무턱대고 늘어놓는 것은 아니어서,

제각각의 요소들을 연결해 줄 무언가가 필요하다. '틱-틱'을 가지고 '틱-톡'을 만들어낼 누군가가 필요하다. 아우구스티누스의 《고백록》 10권에도 이러한 연결의 원리라고 할까, 연결성을 보장하는 원리가 등장한다. 고전 독자라면 짐작했겠지만, 그 책에서 그 원리를 부르는 이름은 '신'이다.

목록, 카탈로그, 편람, 일람표, 일정표, 재학생 명부, 졸업생 명부, 가계부, 교재 목록, 연감, 순위표, 지도, 색인, 달력, 순번표, 회계 장부, 직원 명단, 승객 명단, 송장, 안내 도표, 계획표, 차림표, 인구 도표, 인명 사전, 지명 사전, 단어 사전, 용어 사전, 운율 사전. 이 목록은 1953년에 출판된, 내 돌아가신 아버지의 유의어 사전에서 가져온 것이다. '유의어 사전^{thesaurus}'이라는 단어도 이 항목에 물론 포함되어 있다. 목록이 늘 동의어나 유의어를 열거하는 형식인 것은 아니다. 나는 그런 형식으로 되어 있는 많은 에세이들을 (그리고 단편 소설들과 장편 소설들과 시들도) 기억해 낼 수 있지만, 그런 형식이 에세이에서 늘 나타나는 것도 아니다. (다채로운 서사나 풍요한 논의를 건조하고 간략한 구조와 결합하는 것은 어려운 일이 아니잖은가?)

에세이는 목록에, 목록의 철저함과 재미에 특별한 끌림을 느끼는 장르인 듯하다. 늘어놓기의 예술에 있어서 타의 추종을 불허하는 윌리엄 개스의 〈나는 목록을 가지고 있다〉라는 에세이를 보자. "목록 작성은 문학의 기본 전략이다. 목록은 끊임없이 작성되지만, 목록 작성 자체가 관심을 끄는 것은 특별한 경우뿐이다." 나는 이 마지막 구절에 약간의 의구심을 갖고 있지만, 문학 작품에서 목록이 등장할 때 내가 지나치게 첨예한 관심을 기울이는 것인지도 모른다. 소설가 겸 비평가 미셸 뷔토르가 1964년에 발표한 에세이 〈오브제로서의 책〉에서 표현한 것처럼, 줄거리가 있는 이야기나 주장이 있는 논의에서 목록이 나타나면 수평적으로 흐르던 텍스트에 갑자기, 거의 폭력적으로 수직성이 들어온다. "단어를 나열한 부분, 수직적 구조인 부분은 문장에서 어떤 성분이든 될 수 있다. 다시 말해, 이 부분의 단어들은 전체 문장에서 어떤 역할이든 (그것이 동일한 역할인 한에서) 할 수 있다." (뷔토르가 '의미'라고 하지 않고 '역할'이라고 하는 것에 주목하자. 유의어 사전의 각 항목은 의미의 차이와 함께 역할의 반복을 보여주는 좋은 예다.)

하나의 목록 안에 들어온 것들은 어느 정도 균질적인 면을 가질 수 있지만, 그 목록이 갑자기 한 편의 소설에 나타날 때는 그 페이지에 말의 두엄 더미가 쌓여 있다는 느낌을 받기도 한다. 목록 안에 그 밖의 무엇이 들어간다 해도, 목록은 일단 말들의 목록이니까. 바로 그런 이유에서 어떤 소설가는 괴상한 것들의 목록을 작성하거나 희한하게 발음되는 목록을 낭독하면서 그토록 재미있어한다. 뷔토르는 프랑수아 라블레의 소설에서 거인 가르강튀아가 다양한 게임을 하는 대목("플러시를 하고, 프리메로를 하고, 브릿지를 하고, 트럼프를 하고, 포커를 하고")을 예로 든다. 한편 우리는 《율리시스》의 '키클롭스' 챕터에 나오는 서사시적 목록을 떠올려볼 수도 있다. 여기에서 제임스 조이스는 나무의 이름을 달고 등장하는 결혼식 하객의 목록을 가지고 고대 아일랜드 문학의 나열식 서술을 패러디한다.

오늘 오후에 아일랜드 산림보호협회 총괄 경비 대장 진 와이즈 드 놀런 기사님과 소나무 계곡의 전나무 솔방울 영애님의 결혼식에 국제 사교계의 명사들이 대거 납시었으니, 실베스터 느릅나무그늘 여사님께서 납시었고, 바바라 자작나무사랑 부인께서 납시었고, 폴 물푸레나무 부인께서 납시었고, 홀리 개암눈동자 부인께서 납시었고,

그리고 기타 등등.

윌리엄 개스가 떠올려주듯, 목록은 사치와 낭비와 타락을 보여주는 탁월한 방법이다. 오스카 와일드의 《도리언 그레이의 초상》에서 저주받은 주인공이 갖고 있는 보석의 목록을 보자.

종종 그는 저마다의 보석함에 보관된 여러 가지 보석을 재배치하며 하루를 보냈다. 조명을 받으면 황록색에서 붉은색으로 변하는 금록석, 한 줄의 은색 줄무늬가 있는 묘안석, 연녹색으로 빛나는 감람석, 로즈핑크와 와인옐로 색의 황옥, 십자 모양의 별빛이 흔들리며 빛나는 진한 진홍색의 홍옥, 타오르는 붉은색의 육계석, 주황색과 보라색의 첨정석, 다홍색과 청옥색이 교대로 층을 이루는 자수정 등을. 또한 그는 일장석의 적금색, 월장석의 진주색, 단백석의 불균일한 무지개색을 사랑했다. 그가 암스테르담에서 구해 온 에메랄드는 셋 다 크기가 어마어마하고 컬러가 농후했으며, 그가 가지고 있는 터키옥 고석은 모든 감정사들의 부러움을 샀다.

문학에 행복의 목록 같은 게 있을까? 소유물들, 성과물들, 경력들의 즐거운 언어적 합계 같은 것이? 그것들을 기록하는 일 자체가 어딘가 불편하다는 증거이자 뭔가 누락되었다는 힌트는 아닐까? 그 기록들, 그러니까 수집가의 카탈로그, 상인의 장부, 바람둥이의 비밀 주소록 따위는 모두 보상 통제의 사례들이다. 무엇에 대한 보상이냐고? 좀먹어 오는 불안에 대한, 짓눌러 오는 우울에 대한 보상이 아니면 달리 무엇이겠는가? 하지만 상대적으로 무거운 목록과 상대적으로 가벼운 목록이 있고, 에세이스트는, 모든 작가가 그렇겠지만 그중에서도 특히 에세이스트는, 둘 다 가지고 있다.

(앤디 워홀의 비즈니스 매니저 프레드 휴즈에 대한 에세이[1]에서, 린 틸먼은 휴즈가 사는 뉴욕 렉싱턴 애버뉴의 거대한 저택으로 간다. 휴즈가 위층에 있고 몸져누워 있고 목이 잠겨 있기 때문에, 틸먼은 휴즈를 안 만나고 못 만난다. 휴즈의 소유물을 읊는 슬프고 아름다운 노래가 인터뷰를 대신한다. "웨지우드 꽃병들, 오듀본 판화들, (그가 입은 적 있는) 18세기 의상들, 검게 칠한 나무 병풍, 텐트 스티치로 장식된 19세기 오뷔송 쿠션들, 그의 아버지의 청년 때 사진, 20세기 아프리카 무덤 장식, 베네치아 유리…".)

존 디디온의 책 《화이트 앨범》, 즉 1960년대 말의 서해안 미국, 정확히는 로스앤젤레스를 떠돌던 불안들 사이를 통과하는 그 아슬아슬한 회상적 표류는 내가 아는 가장 안쓰럽고도 실무적인 목록들 가운데 하나를 담고 있다. 여기서 목록은 실은 하나가 아니라 두 개다. 첫 번째 것은 디디온이 취재 여행 때 가방에 챙기거나 입을 것들의 목록이다.

셔츠 2, 트레이닝복 또는 레오타드 2, 풀오버 스웨터 1, 구두 2, 스타킹, 브라, 잠옷, 목욕 가운, 슬리퍼, 담배, 버번위스키,

---

1 〈오브제 수업〉을 가리킨다.

가방. 가방 속에는 샴푸, 칫솔과 치약, 베이시스 비누, 면도기, 데오드란트, 아스피린, 처방전, 탐폰, 수분 크림, 파우더, 베이비오일.

조금 전 나는 목록이 두 개라고 했지만, 위의 목록 안에 또 하나의 목록("가방 속에는" 뒤로 열거되는 것들)이 있으니, 목록은 사실상 세 개다. 이어서 뒤따르는 세 번째 목록은 다음과 같다. "휴대해야 할 것들: 모헤어 스카프, 타자기, 리갈 패드 두 개와 펜 몇 개, 서류철, 집 열쇠." 그 당시에 이 목록(두 목록 또는 세 목록으로 이루어진 목록)은 옷장 문 안쪽에 붙어 있었다고 한다. "그 목록은 모든 취재처에 입고 갈 옷을 아무 생각 없이 챙길 수 있게 해주었다." 디디온은 그 옷들 덕분에 극단적으로 이분화되어 있던 미국 문화의 양편을 넘나들 수 있었고, 그 휴대용 사무실 덕분에 자신이 목격한 분열의 모습을 공항 탑승구 앞 의자에서 타이핑하기 시작할 수 있었다.

이 목록이 지속적 불안의 증거임을 디디온은 바로 다음 대목에서 인정한다. "여기서 분명해지듯, 이 목록은 통제하는 것을 좋아하고 작업을 가속화하고 싶은 사람에 의해, 마치 대본을 읽은 배우, 큐 사인을 받은 배우, 내러티브를 아는 배우처럼 자기의 역할을 연기하겠다고 마음먹은 사람에 의해 작성된 목록이다." 이 목록에는 누락된 물건이 하나 있었다고 디디온은 말한다. 필요했지만 챙기지 못했던 것, 시계였다. 몸과 마음을 돌보고 통제하고자 그토록 노력했건만(이 대목에서 왠지 모르게 디디온은 앞에서 기록한 목록을 거의 전부 다시 기록한다), 대체 몇 시인지 알 수 없는 순간이 많았던 것이다. 이때 독자는 시계의 누락이 고의가 아니었다고 해도 모종의 이득이었다는 느낌을 받는데(나는 줄곧 그런 느낌을 받았다), 그 이득은 디디온이 명시하는 "그 시대에 취재 기자로 살았던 나의 삶의 우화, 또는 그 시대 자체의 우화"를 얻었다는 것에 그치지 않는다.

이처럼 어딘가 불완전하다는 느낌을 준다는 것은 불완전한 목록에서 얻어지는 의외의 재미인 듯하다. 나만 해도 작가로서, 에세이스트로서 항상 목록을 작성하고 있다. 집필하고 있는 것이 아니라 작성하고 있다. 늘어놓는 일과 본격적으로 쓰는 일 사이에는 대개 차이가 있으니까. 디디온이 여행 가방을 싸는 것처럼, 나는 일단 에세이에 집어넣고 싶은 것들을 전부 늘어놓는다. 에세이가 짐을 넣는 가방인 것처럼. 글을 쓸 때 따라오는 불안을 가두어버리고 싶어서. 눈앞에 계획이 있다면(나에게 계획은 언제나 도표가 아니라 목록이다) 머릿속에 단어 하나, 생각 하나 없는 상태로 텅 빈 종잇장, 텅 빈 모니터를 마주하지 않아도 될 것이라서. 나는 그저 목록에 나열된 것들을 순서대로(A에서 Z까지, 1부터 무한대까지) 따라가기만 하면 된다. 실무상의 목록은 예외다. 실무적인 목록을 작성할 때 어딘가 불완전하다는 느낌이 든다면, 잊고 있던 것을 생각해 내거나 기억해 내야 한다.

윌리엄 개스가 여기에 대해서 어떻게 생각하든 간에, 에세이에 등장하는 목록들은 목록으로서의 자의식을 느낀다고 나는 늘 생각했다. 그런 목록들은 작가의 야심과 그에 따른 불만들, 좌절들, 실패들에 대한 명시적 표현인 것 같다. 조르주 페렉의 작품에 나오는 목록들이 나는 너무 좋다. 많다는 점도 좋고, 다양하다는 점도 좋다. 순서대로 하나하나 묘사하는 일의 순수한 재미와, 목록은 영영 마무리되지 않을 것이며 우리는 어쨌든 목록 속에서 길을 잃을 거라는 상대적으로 어두운 예감 사이에서 항상 아슬아슬하게 균형을 잡는 느낌도 좋다. 페렉은 1976년에 그의 아름다운 에세이 〈내 작업대에 있는 물건들에 관한 노트〉에서 이렇게 적는다.

스탠드, 담뱃갑, 꽃 한 송이를 꽂는 꽃병, 성냥을 꽂아둘 수 있는 부싯돌, 다양한 색깔의 작은 색인 카드가 들어 있는 마분지 상자, 혼응지로 만든 큼직한 자개 장식 펜꽂이, 유리 연필꽂이, 돌덩어리 몇 개, 반질반질한 원목 상자 세 개, 자명종 시계, 버튼식 날짜판, 납덩어리 한 개, 대형 시가 상자(시가는 없고 잡동사니만 가득), 답장하지 못한 편지들을 꽂아둘 수 있는 강철 재질의 나선형 수납대, 간돌검 손잡이, 명부들, 공책들, 낱장의 인쇄물들, 각종 필기구들, 잉크 블로터로 쓸 수 있는 큰 돌, 책들, 연필을 가득 꽂아둔 유리잔, 작은 금박 원목 상자….

페렉에 따르면, 목록 작성(아니면 목록을 이용한 집필?)만큼 간단한 일도 없는 것 같지만 실제로 해보면 복잡한 일이라는 것을 알게 된다. 잊어버리는 것이 있을 수밖에 없고, 포기하고 싶어지거나 대충 끝내고 싶어지며, '기타 등등'이라고 써버리고 싶어진다. "하지만 '기타 등등'이라고 쓰지 않는 것이 목록 작성의 핵심이다."

흩어짐에 관하여

1924년에 버지니아 울프는 웸블리에서 개최된 대영 제국 박람회를 방문했다. 산업관, 예술관, 공학관이 세워져 있었고, 스크루 추진 방식의 '네버스탑' 레일웨이가 설치돼 있었으며, 훗날 잉글랜드 축구팀의 홈구장이 되는 대형 경기장이 건설돼 있었다. 인공이 자연을 제압하는 곳이었다. 탄압이라고 할 수 있을 정도였다.

그곳은 공간이 무척 좁았고 조명은 너무 밝았다. 나방 한 마리가 아크등 불빛에 홀려 잘못 날아들기라도 하면, 녀석은 그 즉시 정신을 못 차리며 흥청거리는 취객으로 변했다. 사슬나무 한 그루가 사슬을 흔들기라도 하면, 보랏빛과 진홍빛의 허공 속에 백색광의 스팽글이 떠다녔다. 그곳에서는 안

취하는 것이 없었고, 안 변하는 것이 없었다.

에세이 〈웸블리의 천둥〉에서 울프는 말한다. 우쭐거리는 대영 제국의 어지간히 실패한 박람회라고. 경비로 1200만 파운드를 지출하면 뭐하나. 방문객을 2700만 명이나 유치하면 뭐하나. 전부 다 자연 앞에서 무너질 텐데. 대영 제국도 그렇게 역사 앞에서 무너질 텐데. 돔 경기장도, 왕궁도, 첨탑도, 층탑도 모두 그렇게 무너질 텐데. 휘몰아치는 폭풍이 질서 정연한 즐김과 배움의 장 안으로 침범하고 있다. 박람회 덕분에 제2의 도시로 우뚝 선 이곳을 향해 제국 군악대가 행군해 오고 있지만, 흙먼지 회오리가 그 뒤를 바싹 쫓고 있다. 모종의 대참사가 임박해 있다.

하늘이 검푸르고, 검붉고, 검누르다. 하늘이 격렬하게 소용돌이친다. 하늘이 먹구름 기둥을 허공으로 내던지고 박람회장에 흙먼지 기둥을 일으킨다. 흙먼지 회오리가 대가리를 곧추세운 채 모퉁이를 돌아 나오는 코브라들처럼 슈슉 슈슉 소리를 내며 허둥지둥 지나간다. 층탑들은 흙먼지 속에서 부서져 날린다. 철근 콘크리트는 금방이라도 무너져 내릴 것 같다. 제국의 식민지들이 회보랏빛 물보라처럼 흩어져 사라지고 있다. 상상도 못 하게 아름답고 무시무시한 그 모습을 어떤 악한 힘이 환히 밝혀주고 있다. 잿빛과 보랏빛은 쇠망의 색이다.

에세이의 종결부에 가면, 군중은 금방이라도 부서질 듯
한 전시관 안으로 도망쳐 들어와 있고 "허연 나무뿌리처
럼 갈라지는 번갯불이 여기저기서 번쩍거린다. 대영 제국
은 사멸하고 있고, 군악대는 연주하고 있고, 박람회는 폐
허가 되어 있다. 하늘을 입장시키면 이렇게 된다." 자연은
제국의 자화자찬을 무찌르고 승리를 거두었다. 이 모든
것이 폭풍에 실려 온 흙먼지에서 시작된다(코브라를 닮은
흙먼지라니, 기상천외한 이미지다). 폭풍의 휘몰아침을 흉내
내는 울프의 산문이 이미지와 소리와 은유의 폭풍으로
섬세하게 폭발한다. 세상이 온통 작은 입자들로 조각나
는 느낌, 세상 모든 것이 먼지가 되어, 가루가 되어, 각질
이 되어, 모래가 되어 허공을 떠돌고 있다는 느낌, 바람에
날리고 있거나 더 작은 입자로 변하고 있다는 느낌을 준
다는 점은 울프의 다른 많은 글들과 마찬가지다. 홀씨를
날리는 것 같은 글이다.

울프의 소설과 에세이는 입자 연구서로 삼아볼 수가
있다. 안개, 비, 안개비, 흙먼지는 울프의 수많은 글 속에
서 존재감을 얻는 아주 작은 것들이다. 그것들은 가구 위
에 내려앉거나 창문을 따라 흘러내리거나 세차게 퍼부어
지거나 허공을 떠돈다. 울프의 글에서 이런 입자들은 빛

이 들 때나 가려져 있을 때의 어떤 효과들과 함께 등장하는 경우가 잦은데, 특히 어둠의 승리와 함께 나올 때가 제일 잦은 것 같다. 울프가 해 질 녘에 자동차로 서식스 주를 지날 때는 대지에 깔리는 어둠pall[1]이 함께하고,[2] 울프의 일식 관측 에세이에서는 서늘하게 패배하는 태양이 함께한다.[3] 《파도》의 후반부에는 그림자가 함께한다. 집들을 넘고 산봉우리들을 넘고 나무들을 넘고 언덕들을 넘고 달팽이 껍질들을 넘은 뒤, 눈 덮인 산장들을 넘고 졸졸 흐르는 시냇물들을 넘고 베란다에 앉아 부채로 얼굴을 가리고 있는 소녀들을 넘어 인정사정없이 덮쳐오는 그림자가. 나는 울프 하면 그런 그림자가 생각난다. 먼지 얼룩이, 분필로 그린 것 같은 그림자가 개인적이거나 역사적인 어떤 거대한 불안을 뜻하는 상형 문자처럼 나타나는 장면이. 우리는 이 책에서 울프에 대한 이야기를 또다시, 아마도 여러 번 마주하게 될 것이다. 울프가 무한히 작은 것을 상상할 수 있는 작가, 있는 듯 없는 듯한 것을 치밀하게 감지하는 작가라는 이야기를.

---

1   'pall'에 '먹구름 같은 어둠'이라는 뜻과 함께 '관이나 영구차를 덮는 천'이라는 의미도 있음을 이용한 말장난.

2   〈서식스의 저녁: 자동차 안에서 한 생각들〉

3   〈태양과 물고기〉

나에겐 소설가 친구가 있다. 그 친구의 남편[4]은 남극에서 발견되는 우주 먼지를 연구하는 과학자다. 그에 따르면, 해마다 대기권으로 3만 톤의 외계 물질이 유입된다고 한다. 입자의 형태는 불규칙한 것도 있고 우주 구체도 있는데, 유입 과정에서 군데군데 녹으면서 지표면에 닿을 때쯤 거의 동그랗게 다듬어지는 것이 우주 구체다. 지표면에서 외계 물질을 따로 추출하기란 불가능해 보인다. 지표면 자체가 끊임없이 부스러기를 만들어내기도 하지만, 지표면에 서식하는 동식물이 만들어내는 부스러기도 있고 우리가 저지른 일들 때문에 만들어지는 부스러기도 있는데, 대부분의 외계 물질이 그 엄청난 부스러기와 한데 섞여 있기 때문이다. 그러나 심해저나 남극에서 수 킬로미터 깊이의 압설壓雪을 파내면 오랫동안 건드려지지 않은 빙층을 발견할 수 있고(북극은 다른 대륙들의 지표면과 너무 가까워서 불가능하다), 외계 물질은 바로 그 안에 보존되어 있다(과학자들이 그것을 추출해서 머나먼 별들의 소식을 듣게 된다). 설빙을 녹여서 걸러내면 설빙 1세제곱미터당 평균 20-30개의 먼지 입자가 발견되는데, 그 입자들을 분석해 보면 절반 정도가 소행성과 혜성으로부터 온 것으

4   프랑스의 핵 천체 물리학자 장 뒤프라를 가리킨다.

흩어짐에 관하여   49

로 밝혀진다. 그 먼지 입자들의 성분은 대체로 실리콘, 마그네슘, 철, 니켈, 산소로 되어 있지만, 현미경 배율을 아무리 높여도 어떤 성분인지 전혀 알 수 없는 것이 종종 있다고 이 과학자는 말한다. 그는 몇 주씩 그런 알갱이 하나를 슬라이드 위에 올려놓고 현미경으로 분석한다고, 그의 아내인 내 친구가 말해주었다. 그것은 투명한, 구체에 가까운, 그가 또는 그의 동료 과학자들이 그때껏 연구해오며 접해본 그 어느 물질과도 일치하지 않는 물체라고. 그러다 어느 날 그것이 어떤 압력 테스트를 견디지 못해 사라질 때까지, 아니면 그저 때가 되어 사라질 때까지 남편은 그 물체를 그렇게 주구장창 들여다본다고. 줄곧 하나의 공기 방울이었던 그것을.

에세이라는 다루기 어려운 주제를 위해, 우리는 먼지의 은유를 토대 은유로 삼아볼 수 있지 않을까? 확실히 먼지에 비유를 한다고 치면, 에세이라는 형식이 세상에 대한 관심을 끊고서 도서관과 선집 속으로 몸을 숙이고 들어간 것처럼 들리기도 한다. (마치 정말로 죽은 존재인 것처럼.) 실제로 에세이가 골동품이라고, 인제 없어질 때가 되었다고, 학교에서 읽으라고 하지 않으면 아무도 안 읽는다고, 자기 계발서나 오락용 읽을거리라는 과거의 문학을 향한 향수를 불러일으키는 물건이 되었다고 여기던 시대가 있었다. (아무래도 나는 우리의 시대가 그런 시대는 아니라고 말하고 싶다.) 물론 에세이가 너무 도도하다는 인상을 주는 경우는 옛날에도 있었고 지금도 있다. 물건이 너무 잘 만들어져 있으면 손을 대기가 꺼려질 수 있는데, 그런 인상을 주는 자기 연출이 에세이에는 있을 수 있는 것이다.

그럼에도 불구하고 손을 대보면, 가라앉아 있던 세월의 흔적이 먼지로 피어오르기 시작한다. 손에 닿은 그것이 빛 알갱이들의 성좌에 둘러싸이면서 에세이가 어떤 것이었는지가 드러난다. 단단하고 매끄러운 형식인 줄 알았는데 정해진 경계가 없어서 자유롭게 운신할 수 있는 형식이었던 것. 정해진 형식을 만들지 않으려는 야심을 품은 형식이었던 것. 아니면 이렇게 말해볼 수도 있겠다. (아직 이 말을 증명할 수는 없지만) 에세이라는 이 유서 깊은 장르는 끊임없이 흩어졌다가 한곳에 모였다가 하는 느낌을 주면서 미래와 깊은 관계를 맺게 된다고. 괜한 이야기겠지만, 내가 이 같은 에세이에 매달리게 되는 것도 내 안에 이러한 갈등이 있기 때문은 아닐까 싶다. 나는 에세이에 얼마간의 완성도가 있기를 바란다(윤리적 완성도가 아닌 형식적 완성도가). 그 글에 생각의 실, 문체의 실, 감정의 실이 아주 촘촘하게 짜여 있어서 은은한 광택을 내길 바란다. 하지만 그러면서도 나는, 그 모든 것이 바로 그 작품 안에서 바로 그 순간에 와르르 풀려나가길 바란다. 그 글이 누더기가 되길, 짜깁기가 되길, 뒤엉킨 실들의 미로가 되

길 바란다. 내가 그렇게 너덜거리는 상태여서인지도 모르
겠지만.

불안에 관하여

내 컴퓨터에서 단행본 원고를 제외한 작업 파일은 대부분 '리뷰'라는 이름의 폴더로 간다. 15년 전에 그 폴더를 만든 계기가 리뷰(대개는 도서 리뷰, 가끔은 전시 리뷰, 더 가끔은 영화 리뷰)를 넣어두기 위해서였기 때문이다. 16년간 나는 총 여섯 대의 랩탑 컴퓨터를 사용해 왔는데, 랩탑을 바꿀 때마다 드는 생각은 내가 더 이상 '리뷰만' 쓰는 작가는 아니라는 것이다. 세계 이곳저곳에서 발행되는 각종 회지, 잡지, 신문에 실린 여러 기사, 인터뷰, 기획물, 만평, 예정작 소개 등이 이 폴더로 가기 시작한 지도 10년이 훌쩍 넘었다. 이것이 내가 매우 운이 좋은 작가라는 뜻이라는 건 나도 잘 안다. 내게 매우 필수적이면서도 전혀 도움은 되지 않는 적당한 수준의 글쓰기를 나는 오직 생계유지를 위해 해나갈 수 있었으면 했다. 이 폴더의 이름을 바꾸지 않은 것도 그 때문이다. 내가 원하는 것은 하루하루 일하고 있다는 감각이니까. 내가 바라는 건 내가 쓰는 모든 글에 '할당된 지면을 채운 뒤 다음 마감으로 넘어가야지'라는 마음이 담겨 있다는, 저널리스트로서의 소소한 포부가 담겨 있다는 감각이니까.

지금 이 '리뷰' 폴더를 열어보니 1174개의 파일이 있다. 1년에 평균 73편의 글을 써온 셈이다. 기자들의 성과에 비하면 대수롭지 않게 느껴지지만, 편당 최소 6-7백 자라고 치고 이런 단기 작업들로 75만 자 정도(나의 단행본 생산량을 하찮아 보이게 만드는 분량)를 써왔다니, 하면서 자위해 보기도 한다. 어리석게도 나는 그것이 자랑스럽다. 이러니저러니 해도 나라는 작가는 대략적으로 수량화되는 생산성 그 자체를 가치 있는 것으로 여기는 부류인 듯하니까. 문학적 관점에서는 이런 작가가 된다는 것이 그리 존경스러운 일은 아니다. 품팔이 작가라는 뜻에 가까우므로.

그러나 이 폴더에 깃든 불안감은, 정규 생산과 비정규(?) 생산의 구분 따위와는 조금 다른 차원인 것 같다. 내가 작가로서 특별하게 생산성이나 다산성을 발휘하고 있다는 느낌이 드는 것은 고사하고 더 써낼수록 오히려 모자란다는 느낌, 영영 모자라리라는 느낌이 드는 것이다. 하지만 나의 생산량 강박은 좀 더 근본적인 진실을, 내가 생산 중독자라기보다 과잉 생산 중독자라는 진실을 외면하는 방법인지도 모른다. 글 쓰는 삶이 이렇게 분열적이고 상황 의존적이며 비정기적이라는 사실이 나는 좋기도 하고 싫기도 하다. 짧은 글들을 계속 써내야 하는 괴로운 일정을 벗어난다는 게 내게는 불가능한 일로 느껴진다. (나는 단행본을 쓸 때에도 1-2천 자짜리 덩어리들을 연속해서 생산하는 식으로 진행한다.) 그러니 나에게 쓰기란 하루 이틀 안에 작성될 수 있는 단상들의 연속 생산이다. 착상하고 완료하는 이 리듬을 생각해 내지 않았더라면 나는 아마 아무것도 쓰지 않았을 것이다. 나의 경우, 어쩌면 다른 많은 작가들의 경우에도, 삶을 소진시키는 불안의 접근을 막아주는 것은 바로 이런 리듬 덕분이다.

이런 짧은 형식들을 선호하는 경향은 그런 불안의 치유이기만 한 것이 아니라 표출이기도 하리라는 생각을 해보기 시작한 것은 최근이다. 쉽게 사라지는 것들, 사방으로 흩어지는 것들, 오래가지 못하는 것들에 이렇게 붙들려 있다니. 여기에는 무슨 의도가 있는 것일까? 지금 이 시간을 가급적 다종다양한 작은 일들로 채움으로써 시간이 더디 흘렀다고 느끼고 싶어서는 아닌가 하는 생각이 들기도 한다. 사실 그럴 법도 하지 않나? '여러 이질적인 사건들과 활동들, 서로 상충하는 여러 자아들로 가득 찬 삶'도 '충만한 인생full life'의 의미 중 하나다. 반면 만약에 삶이, 예컨대 글 쓰는 삶이, 오직 하나의 과제로 채워져 있다면? 오직 하나의 과제를 위해서 사는 삶이라면? 존경스러울 것 같다. 그렇게 사는 법, 그렇게 쓰는 법을 찾았더라면 좋았겠다는 생각이 들 때도 많다. 하나의 과제에 매진해서 글을 쓰다 보면 그 글자들이 하루의 시간을 날마다 조금씩 늘려주진 않으려나. 그렇지만 지금 여기, 바로 그 반대편에 내가 있다. 다시 또 시작하는 내가.

에세이란 '평생을 작가로 살면서 도무지 한 가지 과제를 위해선 살지 못하는 데 대한 핑계'는 아닐까? 에세이가 그 핑계가 되어주는 건 아닐까? 에세이가 정말로 문제인지 그조차 나는 잘 모르겠다. 사실 내 컴퓨터 폴더 안에 있는 1174개의 파일 중에 적법하게 에세이로 분류될 수 있는 건 거의 없기도 하니까. 그렇다면 그 파일들은 뭘까? 사물들과 도서들과 그림들과 장소들과 기억들의 세계로 발송된 답문? 어른이 된 뒤에, 이런저런 안정감을 희생해 가면서, 수백 편에 이르는(어쩌면 수천 편에 이르게 될) 답문을 작성하는 일에 모든 시간을 할애하다니. 대체 왜 이러는 걸까? 특정한 종류의 불안이 다가오는 것을 막아보려는 걸까? 아니면 반대로 걱정거리들을 키우려는 걸까? 그러려고 똑같은 불안을 이렇게 천 번도 넘게 재탕하는 걸까? 내가 살아 있기 위해서는 바로 그 불안을 붙잡을 수밖에 없다는 듯이? 어느 때는, 특히 지금과 같은 때에는, 정말 그럴지도 모른다고 느끼곤 한다. 너무 많은 것이 떠나가 버린 때에는. 지금처럼 붙잡을 게 너무도 없는 때에는. 어두워지는darkened[1] 페이지와 살려지는saved[2] 파일을 그 어느 때보다 자주 세고 있는 스스로를 발견하게 되는 때에는.

1 'darkened'에 글자로 채워진다는 뜻도 있음을 이용한 말장난.
2 'saved'에 저장된다는 뜻도 있음을 이용한 말장난.

위안에 관하여

요새 깨어 있는 시간에는 거의 글 쓰는 방에서 생활한다. 조지 시대[1] 초기에 지어진 저택의 지하 부엌이었던 방인데, 책상 옆 창문으로 중세에 지어진 대성당의 꼭대기 부분이 올려다보인다. (몇 달 전에 멈춘 대성당 시계는 영영 멈춘 것만 같다.) 이삿짐은 찔끔찔끔 옮겨 왔다. 가구를 제대로 갖출 돈도, 가져온 물건을 정리할 시간도 없었다. 그렇게 이사를 시작하고 거의 1년이 지난 지금, 이곳의 것들이 (나 자신을 포함해) 서서히 정리가 되면서 내가 이곳에서 만들어온 자리와 생활이 내게 안정감과 생산성과 즐거움을 주고 있다. 하지만 집 안에는 이사 초기의 혼란을 보

1 영국의 조지 왕조 시대(1714-1830).

여주는 증거물이 남아 있다. 아직 풀지 않은 스무 개의 상자. 상자 풀기와 장서 분류에 대한 벤야민의 유명한 에세이가 거의 매일 떠오른다. '책 상자를 풀어보자. 지금 당장 말고 좀 나중에.'[2] 지금 내 책상 옆 벽면(창문 없는 쪽)은 책으로 빽빽하지만, 이 책의 집필에 참고하고 싶었던 책 중에는 여기에 없는 것도 있다. 여기에 책장을 놓기 전에 창고 같은 침실의 임시 책장에 꽂아둔 것들은 아직 거기에 그대로 있다. 거기엔 에세이를 모은 책들도 있고, 한 권의 책이 한 편의 에세이인 책들도 있으며, 내가 에세이라고 생각하기로 한 책들도 있다. 나는 에세이들과 에세이스트들로 둘러싸인 곳에서 잠을 잔다. 꽂을 때는 급하게 특별한 순서 없이 꽂아두었지만, 손택이나 바르트나시오랑의 이 책 혹은 저 책이 어디쯤 있는지는 알고 있다. 그때는 그것이 왠지 위로가 됐다. 처음에 여기서 밤을 보내며 뒤척이던 그때. 내가 아직 엉망이던 그때.

2015년 여름, 내가 15년간 살아왔던 어떤 삶이 끝나게 되었다. 서서히 다가온 끝이었는지 갑자기 닥쳐온 끝이었는지는 아직도 잘 모르겠지만, 그런 상황에서는 급히 쫓기는 느낌과 질질 끌려가는 느낌을 동시에 받게 된다. 성

2　발터 벤야민의 유명한 에세이 〈책 상자를 풀며〉는 이렇게 시작한다. "책 상자를 풀어보자. 지금 당장."

년기의 대부분을 함께 보낸 관계, 내가 이런 사람이 되기까지 그리고 작가가 되기까지 함께했던 관계가 끝나가고 있었다. 내가 자초한 끝, 내가 선택한 끝이었지만 그때 내가 앓은 우울증은 근 20년 만에 처음이다 싶을 만큼 심한 정도였다. 매일 공원 끝에 있는 사무실로 출근하면 책상 앞에 앉아 울면서 담배를 피우며 글을 써보려고 애썼고 (이 책을 쓰려고 애썼다), 그러다가 매일 포기하고는 자살 판타지로 도피했다. '더 외곽으로 나가서 시골길을 따라 걷다가 호젓한 철길이 나오면 달빛 속에 반짝이는 철로 위에 눕자. 아니야. 당장 공원 길을 따라 집으로 가자. 환한 햇빛, 새들, 활짝 핀 꽃들 사이로. 집에 들어가는 길에 창고에서 멀티탭 전선을 챙겨 위층에서 목을 매자. 다락에서 천장 구멍으로 뛰어내리면 돼. 아니다. 차라리 숲속이 낫겠다. 여기서 5분이면 갈 수 있고, 모르는 사람들에게 발견될 수 있을 테니.'

여름은 점점 깊어졌고, 이사를 나가기로 한 날짜는 점점 다가왔다. 나는 매주 만나는 심리 치료사에게 그럴듯한 거짓말을, 자살 사고思考 빈도가 한 주 전에 비해 낮아졌다느니 하는 거짓말을 늘어놓기 시작했다. 하지만 가을까지 버텨보자는 생각은 사실 안 하고 있었고, 그렇게 생각하는 게 무슨 의미가 있는지 알 수도 없었다. 자살 사고가 시작된 시점에 대해서도, 죽고 싶은 욕구(일단 욕구라고 치고)가 처음 생긴 것은 내 인생에 명백한 위기가 닥친 그때부터였다느니 하는 거짓말을 했다. 실은 훨씬 전부터였다. 나 같은 사람은 얼른 자살해야 하리라는 자각을 매일 출근해서 책상 앞에 앉아 있는 내내 품고 있게 된 것은 훨씬 전부터였다. 글쓰기라는 것이(무슨 종류든 상관없었다) 정신을 흐트러뜨릴 방법으로, 매일 솟구치는 자기 파괴 충동에 집중하지 않을 방법으로 자리 잡은 것도 훨씬 이전부터였다. 책상 앞을 벗어나면 그런대로 정상인이 되었다고 느낄 수 있었고, 행복감마저 느낄 수 있었다. 그럴 때는 덮쳐 오는 재난의 감각을 억누르거나 모르는 척하는 것이 가능했으니까. 하지만 매일 아침이 되면 모니터 화면에 빈 문서가 어김없이 띄워지듯 재난의 감각이 으레 덮쳐왔다. 쫓아버리려면 단어들이 필요했다. 무슨 내용이냐는 상관없었다.

그렇게 시작된 증세가 글쓰기와 얼마나 관계가 있는지는 잘 모르겠다. 정말 모르겠다. 우울증 같은 정신 질환을 앓는 작가가 그런 경험을 직접적으로 다룰 때, 나는 그 작가를 불신하게 된다. 다른 경우, 예를 들어 최근에 이혼한 작가나 현재 암 투병 중인 작가가 그 경험을 묘사하는 경우에는 이런 식의 의구심이 생기지 않는데 말이다. 이런 의심과 가책은 왜 생기는 걸까? 나는 애써 대답을 떠올려 본다. '내가 글에게, 문학에게 바라는 건 이런 게 아니야.

문학이라면 거리를 두었고 생각을 했다는 증거를 좀 더 의식적으로 보여줘야 해. 작품을 만들어낸 것이라는 좀 더 확실한 증거가 필요해. 원료는 변형을 거쳐야 해.' 하지만 그저 두려워서는 아닐까? 어떤 솔직함은, 사건과 아주 가까운 사람의 솔직함은 두려우니까. 그 사람이 다른 사람이든 나 자신이든 간에. 어쨌든 지금껏 나의 인생에서 가장 어려웠던 순간들(특히 우울증 증상이 발현하고 있었다는 것을 인정할 수밖에 없는 시기들)을 돌아보면, 그런 시기에는 쓰고 읽는 일과의 관계(특히 에세이와의 관계)에서도 어려움이 생기는 것 같다.

그 여름에 그렇게 위기가 시작되었던 것은 당연한 일이었다. 위기를 부르는 흔한 이유들이 모두 있었다. 시간의 흐름, 변한 것들, 변하지 못한 것들. 모르고 있던 것을 알기가 두려울 때와 마찬가지로, 만족과 안정을 느끼고 있을 때도 이런 문제들을 인정하지 않고 넘어가게 된다. 그러다가 나중에는 인정하게 된다. 내 마음이 이미 다른 곳에 가 있다는 것을, 이런 삶을 잡고 있던 손을 놔버리는 일이 그다지 번거롭지 않으리라는 것을 나는 한참 뒤에야 겨우 인정하게 됐다. (다만 실제로는 무척 번거로운 일이었다.) 이런 삶을 놔버리고 또 다른 삶 속으로 떨어진다는 말, 아무것도 아닌 진짜 허무 속으로 추락한다는 말에는 발견, 상실, 가책, 안도와 관련한 수많은 의미가 함축되어 있다. 그때 나에겐 이카로스의 추락과도 같은 인생의 위기가 글쓰기의 위기(더 정확히는, 안 쓰기의 위기)와 함께 찾아온 듯했다. 미움에 휩싸였던 그 여름 당시에는 그런 식으로 생각해 보지 못했지만.

나는 '작가의 벽'이라는 것에 부딪혀 본 적이 없다. 프리랜서 생활의 다급함과 불안함은 내가 30대를 거쳐 40대에 접어들기까지 생산성을 유지하게 해주었다. 나에 의해 탈고되고 송고되는 책들과 에세이들은 이러한 나의 존재 증거나 마찬가지였다. 나는 애써 변명을 떠올려보았다. '명성을 못 얻어도 상관없다. 큰돈을 못 벌어도 상관없다. 작업 일정을 지키는 데는 지금 상태가 차라리 낫다. 나의 20대를 망가뜨렸던 게으름을 (그리고 그것과 연결된 우울증을) 모면하려면, 이 방법을 쓰는 수밖에 없다.' 나의 신작 《대폭발》은 예정보다 몇 년이나 늦어졌고[3] 나는 또 애써 변명의 말을 떠올렸지만('너무 많은 일이 한꺼번에 진행되다 보니 바빠서 그런 거잖아, 40대 중반인 사람한테 30대의 기운을 바랄 수는 없는 거잖아'), 실패자가 되었다는 느낌, 온몸의 기운이 전부 밖으로 빠져나가는 느낌을 좀처럼 떨칠 수가 없었다.

글쓰기와 우울증이 친밀한 사이라는 것, 글쓰기가 우

---

3   2015년에 나왔다.

울증의 원인이거나 치료법이거나 가장 통렬한 표현이라는 것은 물론 클리셰. 우울증을 앓는 작가가 중년남이라면, 그리고 (아마도 실제 이상으로) 중요하다고 여기고 있던 자리가 최근에 그에게 떠맡겨졌다면,[4] 클리셰의 진부함은 더욱 심해진다. 하지만, 하지만, 하지만, 이것이 그저 클리셰가 아니라 모종의 기원이라면? 우울증과 에세이가 서로를 파괴하는 동시에 구원하는 관계라는 클리셰가 먼저 있었기 때문에 내가 이런 곤경에 처하게 된 것이라면? 정말 그렇다면 조금 다른 질문이 나올 수 있지 않을까? 산문과 자기 연민이라는 메마른 협곡을 따라 나아가는 중이라면 그런 발걸음을 묘사하는 것이야말로 그 길에서 벗어나는 데 필요한 열쇠가 아닐까, 라는 질문이. 인간의 경험 세계라는 넓은 강과 다시 연결되려면(그런 강을 내가 이미 경험해 봤다고 치고) 어떻게 해야 할까, 라는 질문이. 너무 큰 질문이라고, 너무 민망한 질문이라고까지 느껴질지 모르지만, 에세이가 못 다룰 만큼 큰 질문은 없다. 반대로 너무 작은 질문, 너무 사사로운 질문이라고 느껴질지도 모르지만, 마찬가지다. 에세이가 못 다룰 만큼 작은 질문은 없다.

---

4   몸담고 있던 직장(학교)에서 저자가 중책을 맡게 된 때로 추정된다.

스타일에 관하여

에세이에서, 에세이스트에게서 무엇을 중요시하느냐, 무엇을 사랑하느냐 하는 질문을 받으면 스타일이라고밖에 답할 수 없을 것 같은 때가 있다. '에세이스트여, 나는 당신의 스타일을 좋아한다.' 이 책에 실린 모든 단상들은(〈단상에 관하여〉라는 단상을 포함해서) 실은 무엇보다도 이런 팬 메시지의 변주들이다. 나는 구문, 어순, 소리의 차원에서 작용하는 모종의 기교에 미련하다 싶게, 유해하다 싶게 예민하다. 지켜볼 가치가 있는 것, 염원할 가치가 있는 것은 오직 그것들뿐이라고 느끼기도 한다. '모종의 기교'라고 말하기는 했지만 그렇게 정확한 표현은 아니다. 내 팬심을 불러일으키는 글을 보면, 어떤 스타일이 따로 있는 것은 아니다. 그럼에도 어떤 특별함을 지녔다고 할까,

폐허 속에서 초연하다고 할까. 일과 중에 흐느껴 울게 만들거나 밤중에 벌떡 일어나 침대를 나오게 만드는, 잠들려고 읽고 있던 책의 이 문장이나 저 문장을, 한 대목을, 아니면 페이지 전체를 옮겨 적지 않을 수 없게 만드는 그런 글은 여기저기에 흩어져 있고 그 종류도 다양하다. 이 팬심은 대체 뭘까? 구닥다리? 감상주의? 혹은 그저 감정 과잉? (매기 넬슨은 이렇게 말했다. "내 사랑에 응해주지 못할 대상을 사랑하는 건 미친 짓 아닌가? 이 말에 누군가는 이렇게 되묻겠지. 응해주지 못한다니, 누가 그래?") 이런 팬심이지만, 없애기는 어렵다. 냉혹한 비평적 지식을 얻게 된다고 해도, 에세이의 성패를 결정하는 요인들을 전부 알게 된다고 해도, 팬심을 없애기란 너무 어렵다.

'스타일'이 있는 글은 대체 어떤 글일까 생각해 보면, 가만있지 못하게 하는 글, 뭔가를 간절히 바라게 하는 글, 왠지 모르게 대단하다고 느껴지는 글, 가슴을 치는 글이다. 그런 글의 어떤 점이 가슴을 치는 것일까 생각해 보면, 그 글의 스타일이라고밖에는 말하지 못하겠다. 혼돈 속에서 건진 형체와 감촉, 그것을 꼼꼼히 다듬고 부풀리는 것. 과감하게 드러내고, 결국에는 초연하게 거리를 두는 것. 내가 절대 따라갈 수 없을 것만 같은 과감함과 초연함. 글 중에도 그런 글이 있지만, 사람 중에도 그런 사람이 있다. 몸 중에도 그런 몸이 있다. 그렇게 제정신을 잃지 않고 살아가는 사람들이 있다. '나는 당신의 스타일을 좋아한다.' 이 말은 그런 사람에게 바치는 팬 메시지다. 사람이여, 당신이 질병과 통증과 광기 속에서 간신히 건져낸 것들은 정말 대단하다. 나는 당신의 초연함을 경애한다. 지나칠 정도로 경애한다. 사랑받는 작가여, 총애받는 에세이스트여, 나는 당신의 필력을 과신하는 광팬이다. 나는 당신한테 뭘 원하는 걸까? 격려를 받고 싶은 건 아닌데. 위안을 받고 싶은 걸까? 남은 삶을 이렇게 살아야 한다는 본보기로 삼고 싶은 걸까? 그것은 최악의 진실을, 가장 끔찍한 진실을 가능한 한 유창하게 (혹은 가능한 한 기묘하게) 전달하는 어떤 경지일지도 모르겠다. 내가 볼 때 당신은 그 경지에 도달한 것 같다. 이것이 내가 감탄할 수밖에 없는 이유다. 그렇게 당신은 작가로서 (그리고 나는 독자로서) 진실에 더 가까이 다가갈 수 있게 된 듯하다. '길을 찾으려면 멀리 돌아가라.'[1]라는 말처럼. 또한 그 밖에 글 쓰는 삶이 지침으로 삼는 클리셰들처럼. 이 문제의 본질을 이렇게도 말해볼 수 있다. '흐름을 잡고 있어야 한다. 하지만 놓아주기도 해야 한다. 둘 중 어느 하나만으로는 예술이 아니다. 당신은 어떻게 그 모든 기쁨과 아픔이 흘러가도록 할 수 있는가? 그리고 잡고 있기와 놓아주기

---

1 셰익스피어의 《햄릿》에서 폴로니우스가 아들 레어티즈에게 주는 조언.

사이에서 어떻게 길을 잃지 않을 수 있는가?' (버지니아 울프는 에세이에 대해 이렇게 이야기했다. "결코 자기 자신으로 있지 않으면서 항상 자기 자신으로 있기, 그것이 문제다."[2]) 형태가 잡혀 있는 것과 그렇지 않은 것을 적절하게 배합하면 내가 만들고자 하는 것을 만들 수 있을까? 배합은 그저 타협의 다른 이름은 아닐까?

스타일의 정밀함, 절실하게 요구되는 것은 이것이다. 나는 정밀함을 좋아하지만, 어딘가 엉망이 된 정밀함, 어떻게든 실패한 정밀함이 좋다. 내가 20대 때 '(대문자) 이론 Theory'[3]에, 특히 해체론에 끌렸던 것도 다른 이유가 아닌 이러한 취향 때문이었다. 무너지고 있는 체계를 좋아하는 취향, 머잖아 망가질 장치를 좋아하는 취향. 어쨌든 자크 데리다의 글이 짜릿하게 느껴진 건 확실히 그 때문이었다. 그의 해체 쇼 때문이 아니라. 우리는 그의 글이 모든 작품에 적용될 수 있는 독해 단계에 대한 설명이라고 배웠다. 작품의 표면적 논리가 매우 정교하게 논의되고(시든, 소설이든, 논문이든), 그렇게 논의가 점점 정교해지다가 어느새 과격해지며, 그러곤 작품 전체가 디테일 하나에 허물어진다고. 작품에 표명된 저자의 확신이 거꾸로 뒤집

---

2 출처는 〈현대의 에세이〉.

3 이른바 '이론에 대한 이론'으로, 이론을 모든 인문학 분야에 대한 이론적 실천, 해체주의적 전략으로 보고 접근하는 이론을 말한다.

히면서 작품 전체가 무너지지만, 그렇게 사라진 논리와 형식의 유령들이 무너진 작품의 잔상들을 남긴다고. 그런 글을 읽을 때면 논리와 상실 둘 다를 가질 수 있을 것만 같은 느낌이 들었다. 이 느낌을 친구들에게 설명해 보려고 했던 때가 기억난다. 예를 들어 설명해 보려고 했는데, 떠오르는 예가 하나도 없었다. 하지만 떠오르는 이미지는 있었다. 생각의 내용이라는 완벽하게 조립된 격자 구조물이 마치 유원지의 낡은 놀이 기구처럼 위험하게 덜컹거리다가 거꾸로 뒤집히면서 소중한 '나'를 바닥으로 곤두박질치게 만들고는 그대로 산산조각 내는 이미지였다.

5년이 채 안 되는 간격으로 부모를 잃은 한 청년, 아니 한 소년에게 '(대문자) 이론'이 왜 그토록 매력적이었는지 이제는 안다. 그런 글은 재난이 실제로 일어나고 어디서나 일어나며 심지어 언어의 가장 미세한 차원에서도 일어난다는 사실뿐 아니라 재난을 **되돌릴** 수 있음을 확인시켜 주는 듯했다. 예술이라는 것이 별게 아니었다. 처음부터 금이 가 있었음을 깨달았을 때, 그 순간을 인정하는 것이 예술이었다. 앙상한 운명이 오래도록(최소한 청년기의 절반이라는 시간 동안) 그늘에서 기회를 노리고 있었음을, 그렇게 공격할 기회를, 더 정확히 말해 가로막을 기회, 망가뜨릴 기회, 모든 것이 무너져 내리게끔 밑동을 뺄 기회를 노리고 있었음을 깨달았을 때, 그것을 인정하는 일이 예술이었다.

나는 그렇게 와르르 무너져 내리는 순간들을 사랑했다. 우리는 '미적으로 감상하기aestheticizing'가 그런 사랑을 뜻하는 표현이라고 배웠는데, 나는 이 말을 지금도 증오한다. 그 관점으로 보면 모든 것이 무너지는 최후의 순간이 왔을 때 미학aesthetics 말고는 달리 남는 게 없을 테니까. 잔해를 프레임 속에 넣는 일 말고는 달리 할 수 있는 일도 없을 테니까. '심미적 감상aestheticizaton'을 거부하는 일은 최선인 척하는 최악을 받아들이지 않고 거부하는 일이다. 최고의 예술이란 별게 아니다. 그 거부를 섬세하게 발설하는 것, 그게 최고의 예술이다. 내게 그렇게 말해줄 작가들을 나는 줄곧, 줄곧 찾아다녔다.

요란함에 관하여

앞에서 말했듯이, 윌리엄 개스는 목록이 유서 깊고 창조적인 문학 양식이라고 주장한 작가다. 개스 본인이 가진 목록 열광증의 가장 이상하고도 선명한 발현은 1976년에 발표한 단행본 길이의 에세이 《파랑에 관하여》의 도입부에 나온다. 도입부 전체를 인용하면 좋겠지만, 일단 너무 길기도 하고 솔직히 말해 목록이 어디서 끝나는지도 모르겠다. 책 한 권 전체가 파란 사물들, 욕망들, 개념들, 용례들의 카탈로그이기 때문이다. 그 파란 것들의 무한한 메뉴 중 한 부분을 음미해 보자면 이렇다.

파란 연필,[1] 파란 코,[2] 파란 영화,[3] 법률,[4] 파란 다리[5]와 양말,[6] 항구 노동자들의 노래에 나오는 새와 벌과 꽃 들의 언어, 추위와 피멍과 멀미와 공포의 영향하에 있는 피부의 납색과도 같은 색조, 파란 파탄[7]이라고 불리는 싸구려 럼이나 진, 그 술들로 인해 나타나는 파란 악마들,[8] [...]

한 페이지 반이 이렇게 취객의 주사처럼 이어진다. 책이 이렇게 시작되다니, 참. 윌리엄 개스의 이 날씬한 연구서를 아무 정보 없이 집어 든 독자가 대체 무슨 이야기를 하는 책인지 몰라서(파란색blue에 관한 책? 블루스blues에 관한 책?) 당황한 채로 책장을 획획 넘기는 것도 무리가 아닐 듯싶다.

실제로 《파랑에 관하여》는 제목에 나오는 색깔과 관련한 정보로 가득하다. 이 책에서 우리는 어원, 유래, 은유적 파생에 대한 많은 것을 배우게 된다. 'blue'는 'bravus'에서 유래한 단어로, 장작불을 뜻하는 'bael'과 관련이 있고, 'bold'[9]와 'bald'[10] 둘 다와 관련이 있다. "대머리 기러기bald

---

1   blue pencil, 교정용 필기구.

2   blue nose, 점잖은 체하는 사람.

3   blue movie, 도색 영화.

4   blue law, 엄격한 법률.

5   blue leg, 자주방망이버섯.

6   blue stocking, 여성 문인.

7   blue ruin, 철저한 파탄.

8   blue devil, 알코올 금단 증상, 우울증.

9   '대담함'을 뜻한다.

10   '대머리'를 뜻한다.

brant는 파란 기러기[blue goose]다."[11] 개스는 사전의 고어 항목, 희귀어 항목, 구어 항목을 샅샅이 훑으면서 'blue'의 흔한 용례와 드문 용례를 차곡차곡 쌓아 올린다. 그는 푸른 하늘[blue sky], 블루진[blue jean], 파란 옷을 입은 소년[blue boy], 옥스브리지 블루[Oxbridge blue]를 발견하기도 하지만, 블루 백[blue back](미국 남부 연합이 발행한 지폐), 블루 존[blue john](탈지 우유), 블루 버터[blue butter](수은 연고)를 발견하기도 한다. 모든 색깔 중에 가장 의미심장하고 수수께끼 같은 색깔, 파랑.

《파랑에 관하여》는 이 색깔에 대한 잡다한 성찰로도 읽히는데, 파랑이 우주적 깊이 또는 개인적 깊이를 암시한다는 것, 유년기의 추억 속 언덕의 색깔이라는 것, 많은 작가들이 파란색 계열의 색조를 불편하게 또는 은은하게 반복한다는 것 등이 그렇다. (사뮤얼 베케트(개스의 표현으로는 "매우 파란 남자")도 그런 작가고, 캐서린 맨스필드도 그런 작가다. "너무 아름다워요! 찻주전자가 파란색이에요. 양쪽에서 시중을 드는 두 찻잔은 하얀색인데."[12])

그러나 파랑이 이토록 중요한 색깔이라고 해도, 독자는 곧 감지하게 된다. 색깔은 다른 이야기를 하기 위한 핑

---

11   'bald brant'와 'blue goose' 둘 다 흰기러기를 가리킨다. '대머리 기러기'
나 '파란 기러기'는 없다.

12   맨스필드의 보내지 않은 편지에 적힌 말. 수신자는 독일 작가이자 D. H.
로렌스의 배우자인 프리다 로렌스였다.

계라는 것을. 다른 이야기? 무슨 이야기? 우선, 언어의 파람blueness에 대한 이야기. 음절 사이에서 음운이 생략되는 것과 비슷하게 욕설에서 뭔가가 생략될 수 있다는 점이 개스의 흥미를 끈다. "내가 어느 하찮고 불쾌한 녀석에게 '오리랑 씹[性交]이나 해라fuck a duck'라고 말할 때, 그 말이 실제로 그렇게 하라는 뜻은 아니다." 이렇듯 개스는 J. L. 오스틴을 일절 언급하지 않으면서 '수행적' 언어(이 철학자가 1955년에 펴낸 《말과 행위》에서 개괄하는 개념)에 대해 노련하게 요약한 다음, 오스틴보다도 훨씬 풍부한 욕설 사례를 열거한다. "'씹할fuck-you'은 한마디로 마초 대화의 핵심 용어다." 그리고 이 책의 철학적 의미가 본격적으로 드러나는 대목에서는 언어의 빈곤에 놀라움을 표하면서 성적 행위의 묘사를 예로 든다. "우리 언어에는 말[馬]의 각 부위를 명명하는 단어가 입맞춤의 종류를 명명하는 단어보다 더 많다. '그리스도의 재림Second Coming'을 명명하는 단어는 있지만, '사정射精의 재림second coming'을 명명하는 단어는 없다."

비평가들은 윌리엄 개스를 분류할 때 대체로 미국 포스트모더니즘의 제왕 시절 작가들, 가령 도널드 바셀미, 존 바스, 로버트 쿠버 같은 작가들과 나란히 놓는데, 전적으로 정확한 분류는 아니다. 물론 이러한 판단에도 타당성은 있고, 실제로 《파람에 관하여》에는 동시대 메타픽션 작가들에 대한 찬사가 포함되어 있다. 하지만 똑같은 의식적 실험이라고 해도, 다른 메타픽션 작가들의 실험이 플롯과의 또는 인물과의 눈 맞춤 게임인 데 비해 개스의 실험은 문장 차원에서의 스타일 실험, 특히 소리 실험이다. 이는 부분적으로 시인들에게 영향을 받았기 때문이기도 하지만(그는 스티븐스와 릴케를 계속 참조한다), 가장 큰 영향을 받은 사람은 거트루드 스타인인 것 같다(개스는 스타인에 관해 여러 편의 에세이를 썼다). 《파람에 관하여》는 미국인이 쓰는 일상적 구어의 리듬과 음운을 주문呪文처럼 활용하는 스타인의 《텐더 버튼스》에 사로잡혀 있는 책이다.

그 뒤에 발표한 〈산문의 음악〉이라는 에세이에서, 개스는 글의 내용만을 보려고 하는 독자들을 향해 "납덩어리 귀를 달고 있는 도덕주의자들과 교훈 채집자들"이라는 의도적인 모욕을 던짐으로써 자신의 과도한 음운 중심적 스타일을 변호한다. 《파람에 관하여》는 그가 처음으로 그러한 스타일을 충분히 발휘하면서 색깔, 악보, 소통에 대해 성찰하는 책인 만큼, 이 책을 읽을 때는 청각을 주로 염두에 두고 작곡된 산문시라고 생각하며 읽는 것도 가능하다. 이 책을 그렇게 읽을 경우 개스는 (블라디미르 나보코프를 제외하고) 두운을 가장 부끄러움 없이 사용하는 작가임이 틀림없을 텐데, 여기에 매력을 느끼는 독자만큼이나 거부감을 느끼는 독자도 많을 것 같다. 예컨대 개스는 회화적 파랑에 대해서 이렇게 말한다. "파랑^{blue}을 위한 파랑^{blue}이 현존^{present}을 시작한 것은 폴록^{Pollock}이 물감^{pigment}을 파이^{pies}처럼 캔버스에 던졌을 때부터였다." 이어서 시체의 색깔에 대해 말할 때는 두운에 또 다른 운율을 첨가한다. "정말^{true} 그렇다. 존재^{Being} 없는 존재^{Being}는 파랑^{blue}이다." 이 '허접한'(개스 본인의 표현) 노선에는 훨씬 많은 것이 담겨 있지만, 효과의 저렴함이 진지한 의도를 감추고 있다. 그 의도란, 우리가 어떤 방식으로 산문의 소리에 낚이게 되는지를 독자가 열심히 헤아려보길 바라는 마음이다.

특히 개스는 말과 몸이 어떻게 이어지며 어떻게 어긋나는지 헤아려볼 것을 우리에게 주문한다. 우리가 성욕^{lust}과 탈력^{languor}에 휩쓸리는 순간들을 그리는 작가는 결국 표현의 나락에 빠지게 되는데, 《파랑에 관하여》의 적잖은 분량은 다른 작가들의 바로 그 실패에 할애되어 있다. 아무리 세심한 스타일도 성교를 그릴 때는 그 한계가 드러나고, "최고의 작가도 자신의 한계를 드러낸다." 예컨대 헨리 제임스처럼 예민한, 자신의 문장에 엄밀한 소설가조차 어떤 등장인물을 묘사하면서는 결국 '단단한 남성성'이라는 극히 부정확한 표현에 의지해 버린다. 그럼 차라리 노골적인 포르노가 표현에 노련하냐 하면, 그렇지도 않다. "성교를 묘사하고자 한 번 한 번 치는 이야기를 들려주는 것은, 적어도 표면적으로는, 닭 날개를 한 입 한 입 씹는 장면을 묘사하는 것과 똑같은 정도로 부조리하다는 말을 하고 싶다." 개스는 이런 데서 재미를 찾기는 하지만 '배드 섹스 어워드Bad Sex Award' 방식의 재미 찾기에서 그치는 것은 아니다. 그는 역겨운 은유도 노골적 묘사에 못지않게 부정확하다는 것을 잘 알고 있으니, 그가 원하는 것은 그렇게 묘사하거나 은유하는 글이 아닌 극단적으로 멀리 돌아가는 글, 대상이 "개념이 되는, 천사처럼 가벼워지는" 글인 듯하다.

개스는 자기가 이 방향에서 추구하는 것을 귀스타브 플로베르, 버지니아 울프, 시도니 가브리엘 콜레트의 글 속에서 찾아낸다. 하지만 이러한 방향에서 《파람에 관하여》는 우울 기질에 관한 책으로 밝혀지기도 하고, 많은 독자들이 바로 그 점을 기대하며 이 책을 집어 드는 것 같기도 하다. 그도 그럴 것이, 가장 격한 신체적 모험들이 우리의 문장들로부터 모두 탈주해 버린다면 우리는 더 이상 무슨 말을 할 수 있겠으며 무슨 글을 쓸 수 있겠는가? 개스가 끝없이 목록을 작성해 나갈 때 독자는, 우울증 환자가 묵주를 돌리고 있다는 인상을 받을 수도 있고 오래전에 트라우마를 경험한 환자가 그 트라우마를 계기로 발현되었던 중독 증상을 계속 발현시키고 있다는 인상을 받을 수도 있다. (베케트의《몰로이》에 여러 번 등장하는 돌 빨아먹기 시퀀스를 다루는 부분은 매우 탁월하다.) 이 책의 분량은 100페이지가 안 되는데, 로버트 버튼의 방대한 분량의 책《우울증의 해부》는 의외로 이렇게나 짧은《파람에 관하여》와 직계 존속이다. 개스가 언젠가 말했듯, 《우울증의 해부》에서 목록들은 "이제 없어졌나 하면 금방 다시 돌아오고, 그렇게 돌아올 때마다 단어들의 맛은 더 진귀, 향긋, 쫄깃하다."[13] 로버트 버튼과 마찬가지로, 개스는 언어가 만족감을 주지 못한다는 것을 알면서도 언어에 대한 탐심appetite[14]을 버리지 못한다.《파람에 관하여》는 왠지 모를 마력이 느껴지는 책, 매번 읽을 때마다 더 많은 것이 씹히고 더 맛있어지는 책이니, '쫄깃하다'는 말은 이 책에도 딱 어울리는 표현 같다.

13 《우울증의 해부》(New York Review Books, 2001)에 실린 윌리엄 개스의 서문.
14 'appetite'에 탐심이라는 뜻과 함께 식욕이라는 뜻이 있음을 이용한 말장난.

취향에 관하여

　글에 딱 어울릴 음색과 음역을 못 찾고 있을 때, 글을 통제하지 못한다고 느껴질 때, 혹은 글에서 통제가 필요 없어지는 지점에 가닿지 못한다고 느껴질 때, 엘리자베스 하드윅의 에세이들이 의지가 된다. 하드윅은 많지도 다양하지도 않은(하지만 부정할 수 없는 현명함과 힘, 스타일을 지닌) 본인의 작업물들로 유명하기보다는 특정 문학계에서의 영향력과 존재감으로 더 유명하다. 시인 로버트 로웰의 아내였고(이 역할에 대해서는 "오래 참았다"[1]라는 표현으로 충분하다),《뉴욕 리뷰 오브 북스》의 발행인으로서 수십

1　로웰은 정신 질환으로 성인기 내내 입퇴원을 반복했고, 23년간의 결혼 생활은 로웰이 연인과 함께 살기 위해 아내를 떠나는 형태로 마무리되었다.

년간 다음 세대 작가들의 멘토였으며(애초에 창간의 계기가 된 것이 하드윅이었다[2]), 예리하면서도 관대한 글쓰기 강사였으니 존재감이 컸던 것은 분명하다. 그녀는 개인적 매력과 신랄한 견해로 존경받는 문화계 인사이기도 했지만, 품위 있게 상처를 입히는 묘한 음역대의 에세이들과 시간이 갈수록 그 에세이들을 닮아간 픽션들의 작가이기도 했다. 하드윅의 한 에세이집[3]에 실린 서문에서 존 디디온은 이 작가의 "상궤를 벗어난 리듬감"과 "기억 속 세계의 지독한 중력"에 대해서 썼다. 하드윅이 세상을 떠난 것이 2007년이고, 나는 그로부터 몇 년 뒤에야 하드윅을 알게 되었다. 하드윅의 에세이를 전부는 아니어도 많이 읽었는데, 그중 맨 처음에 읽은 에세이의 파열적 리듬과 기묘한 표현 들은 지금도 내 머리에서 떨쳐지지가 않는다.

두 권의 소설을 앞서 출간한 하드윅이 1962년에 펴낸 세 번째 책이 첫 에세이집 《나만의 시선》이다. 이 책에는 딜런 토머스의 영락과 죽음에 관한 탁월한 에세이가 수록돼 있는데, 그 글에서 하드윅은 시인의 최후를 장식했던 슬픔과 분노의 감정들을 구체적으로 묘사한다.

---

2   1963년에 《뉴욕 리뷰 오브 북스》가 창간될 때 그 기조가 되었던 것이 1959년 《하퍼스》에 실린 하드윅의 에세이 〈서평의 쇠퇴〉였다.

3   《유혹과 배반: 여성과 문학》(New York Review Books, 2001)을 가리킨다.

그는, 그로테스크하게 마치 발렌티노[4]처럼, 병상을 지키는 정체불명의 우는 여자들 사이에서 사망했다. 그의 최후의 나날들, 그의 최후의 격통들, 그의 극히 비참했던 최후는 버려진 사랑들, 성난 아내들, 화난 의사들, 극성스러운 구경꾼들, 소문들, 오해들, 책임 떠넘기기, 살인에 가까운 응석 받아주기 따위로 이루어진 추잡하고 스펙터클한 드라마였다. 그의 병상을 지키는 사람들은 스스로에게, 그에게, 남들에게 치욕의 형벌을 내리고 있었다. 그들 사이에서, 근거가 모호한 우선권 경쟁이 있었던 것 같다. 경악감은, 그렇게 파손되어 있는 숙주의 징그럽고 안쓰러운 욕구와 그의 최후의 몰인격성이 야기한 혼란으로 인해 점점 더 불명료해졌다.

나는 하드윅의 바로 이런 면을 사랑한다. 어떤 면에서 이 대목은 관습적이고, 감상적이며, 꽤나 친숙한 장면이라고도 할 수 있다. 딜런 토머스가 술과 함께 영락했다는 것, 복잡한 여자관계로 고통받았다는 것은 하드윅이 1956년에 이 에세이를 쓰기 전부터 이미 알려진 이야기였고 비평가들, 전기 작가들, 기자들, TV 전기 드라마의 각본가들에 의해 몇 번이고 재탕될 이야기였다.

4   이탈리아 출신으로 할리우드 스타가 된 루돌프 발렌티노(1895-1926)를 가리킨다.

이 부분은 임종 장면이지만 다른 것들이 이미 들어와 있는 첫 문단이기도 하다. 그래서 스타일이 감지되고, 음률과 음감의 차원에서 전기 어조의 비평 에세이가 갖는 특별한 재현 능력이 드러난다. 정밀하면서도 돌발적인 단어 선택, 일부러 어색하게 찍은 구두점, 필자의 감정적 복잡성과 책망적 미온성 같은 것도 느껴진다. 아주 독특하되 미묘하게 독특하다는 의미에서 분명히 '미문'이라고 할 수 있을 문단이다. 첫 문장부터 감탄스럽다. "그는, 그로테스크하게 마치 발렌티노처럼, 병상을 지키는 정체불명의 우는 여자들 사이에서 사망했다He died, grotesquely like Valentino, with mysterious weeping women at his bedside." 음향적으로, 음악적으로, 있는 그대로 아름다운 문장이다. "사망died"과 "병상bedside"에는 각운을 비롯한 운율이 있고, "발렌티노Valentino"와 "정체불명의mysterious"의 'i'는 "우는weeping"의 두 'e'로 길게 이어지며, "정체불명의 우는 여자들mysterious weeping women"의 곡하는 소리(그리고 곡하는 모습)는 문장이 임종을 그려나가는 속도를 늦춘다. 문장이 명시하지 않는 이 여자들의 배역을 상상해 볼 수도 있다. 유감스럽게도 내연녀라는 클리셰에 해당하는 여자들에 대해서 말이다. 시인과의 내연 관계를 동경하는 듯한, 또는 죽어가는 시인에게 남들은 모르는 모종의 은밀한 지분을 요구하는 듯한 여성 팬들에 대해서. 이렇게 이 문장은 문학계의 임종 장면들에 관한 계보를 다시금 완벽하게 상기시킨다. 또한 여기에는 딜런 토머스의 시를 떠올리기에 충분한 유운과 두운도 들어 있다. 실제로 하드윅은 시인들의 산문을 다음과 같이 예찬한 바 있다. "갑자기 빛나는 번쩍임이 좋고, 일반적인 산문에서 느껴지는 번잡함이 없는 것도 좋으며, […] 빠르고 능숙하고 자신감 있는 모습도 좋은데, 모든 걸 일일이 설명하려고 하지 않는 안도감까지도 좋다."[5]

그런데 저 문장에서 첫 쉼표가 찍힌 곳이 독특하지 않나? 이 에세이를 처음 읽었을 때는 '발렌티노처럼 딜런 토머스도 그로테스크하게 죽었다'로 이해했는데, 지금 다시 읽어보니 그때 내가 완전히 잘못 이해했거나 상당 부분을 오독한 것이었다. '그로테스크하게'는 '사망했다'를 (한정적으로) 수식하는 말이 아니라 '발렌티노처럼 죽었다'는 것을 수식하는 말이라서, '딜런 토머스의 죽음이 발렌티노의 죽음과 그로테스크하게(도) 흡사했다'로 읽어야 한다. 굳이 고려해야 하나 싶을 만큼 미묘한 차이인 것도 같지만, 나는 하드윅이 여기서 쉼표를 어디에 찍을까 고심하지 않았을까 싶다. 두 죽음을, 그러니까 시인이 좀 더 당혹스런 상황에서 죽었다고는 해도 어찌 됐든 많은 여

---

5 《파리 리뷰》(1985년 여름 호)에 실린 인터뷰.

성들의 사랑 속에 죽었다는 점에서는 서로 흡사했던 두 남자의 죽음을 그저 유사하다고 말하는 것은 어딘가 부족해 보였을 것이다. 애초에 이 두 남자가 한데 묶일 수 있다는, 사실상 한데 묶일 수밖에 없다는 사실이야말로 경악감의 원천이라는 것을 하드윅은 문득 감지하지 않았을까? 다시 말해, 첫 문장의 이런 응축적 장면 연출에서 하드윅은 딜런 토머스의 명성과 여성 편력만을 말하고자 하는 것이 아니라 시인이 그러한 최후를 사생활에서, 그리고 대중에 공개된 삶에서 자초했다는 사실, 시인의 재능이 최후에는 사사로운 멜로드라마로 탕진되었다는 사실 또한 말하고자 한다. 하드윅은 알고 있지 않았을까? 쉼표를 한 칸 당긴다고 해서 무난하게 예상되는 의미를, 즉 내가 처음 읽으면서 생각했던 의미[6]를 잃게 되는 것은 아니라는 점을. 유려한 동시에 그 유려함을 뒤엎는 문장이 탄생할 거라는 점을.

---

6 He died grotesquely, like Valentino, with mysterious weeping women at his bedside.

문장에 관하여

1976년, 엘리자베스 하드윅은 빌리 할러데이와의 어릴 적 우정을 회고하는 에세이[1]를 《뉴욕 리뷰 오브 북스》에 실었다. 그로부터 3년 뒤에 나온 하드윅의 소설 《잠 못 드는 밤》에도 같은 글이 실렸지만, 거기에는 훨씬 못한 버전으로 실려 있다. 원본의 강렬함을 손상하면서 원본의 어조에 스며들어 있던 기묘한 울림까지 상당 부분 제거해 버린 것이다. (그렇다고 《잠 못 드는 밤》이 별로라는 뜻은 아니다. 《잠 못 드는 밤》이라는 반#에세이half-essay도 그 자체로 엄청난 작품이기 때문이다. 나는 이 작품을 읽고 또 읽었다. 때로는 날마다. 하드윅의 순정한 서술, 우아하게 열정을 발하는 서술을

---

1 〈빌리 할러데이〉를 가리킨다.

느끼고 싶어서.) 문장 전체의 짜임새와 만듦새는 완벽한데 문장의 한 요소가 망가져 있거나 잘리고 없다면 그런 문장이야말로 가장 좋은 문장이라는 벤야민의 주장을, 내가 보기에는 이 산문 글이 완벽하게 정당화해 주고 있다.

엘리자베스 하드윅이 1940년대에 뉴욕에서 게이 남성과 룸메이트로 지내며 빌리 할러데이를 알게 된 그 시절, 하드윅은 그때의 그 도시를 이렇게 묘사한다.

우리 주변의 작고 허망한 상점들은 우리가 우리 자신을 얼마나 모르고 있는지를, 그리고 우리의 추억과 초상이 실은 얼마나 난감한 것인지를 말해주고 있었다. 이 도시에 익숙지 않은 사람들이 멀뚱멀뚱한 표정으로 마음을 정하던, 동전이나 지폐를 뺀 골동품이나 흔한 장식품과 교환하던 장면들이 기억난다. 그 시절의 6번가는 이제 손주들의 서랍에, 장롱에, 상자에, 다락방에, 지하실에 묻혀 있다. 죽은 시계들이, 긴 타원형의 새끼손가락용 반지들이, 턱이 긴 아프리카인의 두상 조각으로 변모한 반드러운 가공 원목들이, 엠파이어스테이트 빌딩 모양의 열쇠고리들이 시금 그 안에서 흑화되고 있다. 당시 우리에게는 스피커를 크게 틀어놓은, 거의 밤새워 영업하는, 낡고 긁히고 닳아난 재즈 음반들(보컬리언, 오케, 브런스윅 레이블에서 나온)을 파는 곳들이 있었다. 우리의 손은 바이닐 케이스들을 빠르게 갈랐고 나중에는 항상 손가락 끝에서 피가 났다.

하드윅의 산문은 이 같은 음악성과 디테일로 강한 인상을 남긴다. 그러니 성과가 이것뿐이라고 해도 읽을 가치가 있을 것이다. 하드윅은 맹렬한 이미지 묘사의 달인이다. 당시에 할러데이와 가까웠던(조 가이Joe Guy로 추정되는) 한 젊은 트럼펫 연주자는 이렇게 묘사되어 있다. "그의 몸은 꼬챙이처럼 가늘었고, 두려움이 깃든, 반짝이는, 동그란 두 눈이 박힌 사랑스러운, 동그란, 옅은 색의 얼굴은 그의 목이라는 꼬치에 끼워진 제물로 보였다." 한편 할러데이의 헤어스타일은 이렇게 묘사된다. "언제나 음탕한 치자꽃이 크고 하얗고 아름다운 귀처럼 머리에 꽂혀 있었으며 […] 때로 머리를 빨갛게 염색하면 동글동글하게 말려 납작하게 눌린 머리가 마치 말라붙은 피 같았다." 아이러니한 감격의 가락도 있다. 항상 할러데이 옆에 있는 거대한 개들은 "여왕의 무덤에 어울리는 값진 조각품들 같다." 필자는 늘 "무리한 일정에 시달리는" 연예인의 팬으로서 주변을 어슬렁거린다. "음산한 한밤에 공원을 횡단하는 마차 경주에 출전할, 공원 입구에서 대기 중인 늙은 말이 된 기분이었다."

그러나 이와는 다른 종류의 표현 방식이 이미 저 인용 문단의 "허망한" 상점들과 "난감한" 추억들에서 암시된

바 있고, 이런 식의 표현법은 문단 마지막에 배치된 깔끔하고 선명하며 마침표를 제외하곤 구두점이 없는 문장에 이르기까지 (쉼표 사용이 절 나누기에 국한된) 정갈한 진행을 계속해서 방해한다. 그러다가 할러데이라는 인물에 관한 이야기가 시작되면, 하드윅의 목소리가 달라지면서 구문이 휘청거리기 시작하고, 단어 선택이 상궤를 벗어날 조짐을 띠며, 문장들은 서로 관련이 없다는 듯 따로따로 제자리에 앉는다. ("그는 문장들을 일반적인 방식으로 만들어내는 것 같지가 않다. 문장 사이에 관계가 없다."라는 말은 수전 손택이 발터 벤야민에 대해 했던 말로, 하드윅과 벤야민 사이에 또 무슨 공통점이 있느냐고 할 수도 있겠지만 옛 바이닐 케이스들에 쓸리고 베인 저 음반 수집가들의 손가락에는 벤야민을 적잖이 연상시키는 무언가가 있는 것 또한 사실이다.)

거북한 반복과 능청스런 도치는 다음과 같이 일어난다. "우리가 그녀를 처음 보았을 때 뚱뚱했던 그녀는, 크고, 찬란하게 아름답고, 뚱뚱했다." 하드윅의 가장 음산하리만치 응축적인 표현은 할러데이의 죽음을 그리는 다음 문장에서 잘 드러난다. "그녀가, 의식 불명 중에, 체내에서 최후의 화학적 이주에 성공하는 사태가 생기지 않도록, 경찰들이 병원 병상을 철야로 지키고 있었다." 여기서 쉼표들은 어문 규정에 따른 실질적 역할 그 이상을 하기 시작한다. 이를테면 임종 장면을 그려야 하는 필자의 망설임을 표시하는 역할, 마지막 순간에 할러데이를 상대로 남용된 공권력을 기록하는 역할 등을 말이다. "그녀가, 의식 불명 중에, 체내에서 최후의 화학적 이주에 성공하는…"이 "그녀가 의식 불명 중에 체내에서 최후의 화학적 이주에 성공하는…"에 비해 유려함에서는 훨씬 부족하게 들린다고 해도 좀 더 강한 힘을 지닌 문장이다. 그리고 그 자체로도 유려한 문장이다.

우울에 관하여

아버지가 그다지 좋게 여기지 않았을 법한 탐미주의 계열 서적들이 당신의 책들 사이 어딘가에 방치된 채로 욱여넣어져 있었다. (물론 그 책들이 어떤 식으로든 아버지의 관심을 끌었던 것은 분명하다.) A. J. A. 사이먼스의 《코르보 원정》, 마리오 프라즈의 《낭만적 고뇌》, 해럴드 액턴의 《어느 탐미주의자의 회고록》은 모두 내가 10대 후반에 거기에서 발견한 책이었다. 그리고 반쯤 찌그러진 시릴 코널리의 《장래성의 적들》펭귄판 역시 그 책들 사이에서 찾아낸 것이었다. 《장래성의 적들》의 표제작이자 문필업을 가로막는 장애물들에 관한 에세이를 읽었을 때, 나는 그 글을 편파적으로 아버지에게 적용하기도 했다. 내 아버지의 작가적 야심을 가로막은 것은 전적으로 가정생활과 어머니의 병약함이었다는 식으로. 코널리가 청소년기의 탐미주의를 회상하는 대목, 그가 이른바 '차분한 모더니즘'에 대해 설명하면서 버지니아 울프 같은 작가들의 어떠한 면을 '엘리트 관료 스타일'이라고 부르는 대목을 읽었을 때, 나는 코널리를 영국 아방가르드 열광자들(하지만 충분히 열광적이진 않았던 작가들)의 비주류 정전에 넣었다. 그러나 코널리가 우울증, 난잡함, 그리고 야망의 몰락이라는 문학 범주에 들어갈 만한 가장 이상하고 가장 웃기며 형식적으로 (결함이 있다 한들) 가장 과감한 작가 중 하나라는 사실을 나는 그로부터 25년이 지나서야 깨닫게 되었다.

시릴 코널리의 친구들 말을 믿는다면, 그는 게으름과 자기애의 화신이었다. 하지만 친구들의 편지와 회고록에서 드러나는 코널리는 사랑스러운 구석이 있는 인물이다. 실패한 연애나 금전 문제에 대해 계속해서 곱씹고, 아직 쓰지 못한 책들에 대해선 과도하게 용서를 구하며, 그러다 밤이 깊어지면 의욕이 되살아나 항상 새로 시작할 준비가 되는 인물인 것이다. V. S. 프리쳇의 말을 빌리면, 코널리는 장난감과 보상물을 손에 넣을 줄은 알지만 그 둘을 연결 지을 줄은 잘 모르는 "유모차에 앉아 있는 비범한 아기"였다. 기 버지스와 도널드 매클린에 관한 코널리의 짧은 책 《사라진 외교관들》('케임브리지 간첩단'이었던 그 두 사람은 코널리와 조금 아는 사이였으며 1951년에 러시아로 넘어갔다)의 서문을 쓴 피터 퀴넬은 이렇게 말했다. "그렇게 기민하고 활달한 두뇌를 가진 작가가 그토록 극도의 육체적 나태를 좋아한 경우는 거의 없었다." 코널리는 몇 주 내내 또는 몇 달 내내 무기력하게 지내다가도 때가 되면 벌떡 일어날 수 있었고, 담당자가 옆에 있을 때는 마감일이 지난 에세이나 서평을 뚝딱 완성해서 아슬아슬하게 잡지에 실을 수 있었다. 퀴넬은 이렇게도 말했다. "그의 안락의자는 기적의 제트기가 되었다."

이러한 방식이 후대에 오래 남을 걸작을 써내는 확실한 방법이라고는 할 수 없다. 코널리의 작은 명성을 지금까지 주로 받쳐주고 있는 것은 회고록과 고급 저널리즘 문학의 혼합물인 《장래성의 적들》(1938)이지, 그의 유일한 소설인 《바위 웅덩이》(1936)라든가 나중에 대충 묶어서 펴낸 몇 권의 서평집은 아니다. 그가 1944년 가을에 팔리누루스Palinurus라는 필명으로 펴낸 기벽적, 단상적 '단어 연작word cycle'인 《잠 못 드는 무덤》이 언급되는 경우는 더더욱 없다. 하지만 바로 이 책 《잠 못 드는 무덤》이야말로, 한 편의 에세이자 한 권의 앤솔로지이자 한 통의 고소장인 이 책이야말로 코널리의 재능과 개성으로부터 생겨나는 모순들이 해결되지 못한 채로 더없이 색다른, 더없이 솔깃한 모습을 드러내는 장소이다. 이 책에서 그는 게으름, 향수병, 과식 습관, 건강 염려증을 비롯해 자신이 가진 최악의 특징들을 해부한다. (그중에는 자신의 사고방식이 근본적으로 경박하다는 특징도 있는데, 이런 이유로 그의 글은 "'너무 기발한' 글, 다시 말해 그렇게까지 잘 쓸 필요는 없는 글"이라고 개괄되기도 한다.) 이 책은 파멸에 이르는 야심작으로, 어떤 대목에서는 사유가 매우 심오해지고 (더 중요하게도) 스타일이 완벽해지지만 또 어떤 대목에서는 감정 과잉, 용두사미, 순전한 바보짓에 빠져버리는 작품이다.

다음과 같은 문장으로 시작되는 《잠 못 드는 무덤》은 책이 끝날 때까지 이 문장의 여파로부터 벗어나지 못한다. "우리가 책을 많이 읽을수록, 작가의 진짜 역할은 걸작을 쓰는 것이며 그 밖의 다른 일은 전혀 중요하지 않다는 점만 더욱 분명해질 따름이다." 코널리는 이와 대조되는 하찮음이라는 것에 중독돼 있었고, 본인도 그 사실을 알고 있었다. 그가 작가로서 실패한 것은 이미 그가 《장래성의 적들》에서 경고했던 저널리즘의 유혹들 때문만이 아니었다. "절묘한 방탕의 일종"인 결혼 생활의 오락들 때문만도 아니었다. 그의 좀 더 근본적인 문제는 (음식, 음주, 약물과 더불어) "침대-책-욕조 방어 기제"를 향한 재앙적 애착에 있었다. 글을 쓰려면 먼저 신체를 진정시키고 정신을 조율해야 한다는 것이 코널리의 생각이었다. 그러니 결과적으로 그는 작업을 거의 할 수가 없었고, 그 사실을 거의 자랑스러워했다. "다른 이들은 그냥 살아가는 반면, 나는 빈둥거리며 살아간다."

　작가들 사이에서 게으름 때문에 글을 못 쓰겠다고 말하는 경우는 흔하고, 다작하는 작가들 사이에서는 더 그렇다. 예컨대 제임스 보스웰과 사뮤얼 존슨은 침대를 벗어나 일을 시작하는 것이 내키지 않는다는 공통된 마음에 관해 여러 번 공감 어린 대화를 나눈 바 있다. 그러나 《잠 못 드는 무덤》에서처럼 작가가 자신의 게으름을 이토록 무참하게 검토하고 이리도 냉정한 실존적 어휘로 표현한 경우는 거의 없다. 코널리는 이 책의 초고를 1942년 가을에서 1943년 가을 사이에 세 권의 수첩으로 남겼다. 그의 말에 따르면, 이 책은 "예상한 대로 전쟁의 책"이었다. 당시는 코널리가 문학지 《호라이즌》의 편집장이 된 지 몇 년 지났을 때였고, 《잠 못 드는 무덤》의 초판은 그 잡지의 로고를 달고 출간되었다. 코널리는 옛 민요에서 이 제목을 따왔고, 팔리누루스라는 필명은 고대 로마 서사시 《아이네이스》에서 땄다(아이네이아스의 배에서 졸다가 바다에 빠져 해변으로 밀려가서는 그곳 주민들에게 살해당하는 키잡이의 이름이 팔리누루스다). 코널리는 《잠 못 드는 무덤》의 에필로그에서 자기 자신과 팔리누루스라는 트로이인 키잡이를 연결해 보려고 애쓰지만, 새로운 팔리누루스의 문제는 신화적인 것이 아닌 현대적인 것이어서 고대와의 유사

성은 사실상 별로 중요하지 않다.

〈실패에 관한 단상〉이라는 에세이에서 조이스 캐럴 오츠는 《잠 못 드는 무덤》을 가리켜 "영원한 변신을 겪는 일기, 서정적 아상블라주[1]"라고 말한다. 실제로 이 책의 많은 부분이 격조 높은 발췌문 노트와 별반 다르지 않다. 그런 부분 하나가 여러 페이지를 차지할 때도 있다. 발췌문의 출처는 코널리가 세계 대전 중에 읽은 샹포르, 파스칼, 네르발, 보들레르, 생트-뵈브의 책들이다. 하나같이 헛된 희망을 버린 이후의 아이러니한 소외감이 물씬 느껴지는 글들인데, 대부분 프랑스어 원문이 그대로 인용되어 있다. (코널리를 허세남이라고 보았던 이블린 워는 이 습관을 허세의 수많은 증거 중 하나로 보았다. 코널리는 하이데거의 글마저 프랑스어로 인용한다. 물론 언젠가부터 이 독일 철학자의 글이 독자에게 닿을 때는 사르트르라는 프랑스 철학자의 필터로 걸러진 상태였다는 점을 언급해 두는 편이 공정하겠지만.) 저자의 목소리가 직접 들릴 때에는 권태로운 목소리, 상처를 동여매는 목소리, 유치한 목소리, 스스로를 상처 입히는 목소리가 번갈아 들린다. 기질들 간의 각축에서 결국 승리하는 것은 우울 기질이고, 《잠 못 드는 무덤》은 강

---

1 폐품이나 일상 용품을 다양하게 조합하여 입체적 작품을 만드는 기법. 평면에 여러 물건을 붙여 구성하는 콜라주와 대비된다.

렬한 자기 연민을 노출하는 대목들로 악명을 떨치는 책이다. 바로 이 자기 연민의 위엄을 세워줄 에세이를 쓰겠다는 것이 코널리의 집필 의도였다.

향수 어린 동경과 사라지고 싶은 욕망을 표현하는 다음의 대목을 보자. "파리의 큰길들이여, 나를 위해 기도해 주오. 양지의 해변들이여, 나를 위해 기도해 주오. 여우원숭이의 유령들이여, 나를 위해 선처를 호소해 주오. 플라타너스여, 월계꽃이여, 나에게 그늘을 드리워주오. 툴롱 강변의 여름비여, 나를 쓸어가 주오." 여우원숭이는 잠시 후에 다시 만나기로 하고 일단 이 대목의 어조를 들어보면, 뼛속까지 암울하고 탐미적인 성향이 강하며 의도적인 풍자성이 감지된다. 코널리는 선배 잠언 작가들을 흉내내면서 여러 스타일을 겨냥하는데, 이 대목은 그중 하나의 (혼합된) 스타일이다. 한편 코널리는 잠언이나 표상을 쓰면서 쿨하고도 역설적인 자신감을 과하게 드러내기도 하는데, 때에 따라서는 그가 의도한 바를 성취해 낸다. "오늘날의 예술가는 물 위에 글자를 쓰고 모래로 거푸집을 만들 생각을 해야 한다." "사지 찢김 없이 다른 누군가를 사랑하는 것이 가능한가?" "한 시대의 문명은 다음 시대의 두엄이 된다." 그러나 코널리는 과숙된 걸 좋아하는 취향이라, 그의 잠언들 pensées 은 이미 상하기 시작했다는 인상을 준다. 코널리의 완벽하게 정제된 음산한 명언들은 그의 수첩에 도달하기도 전에 그것들이 앞서 존재했던 이전의 모습으로 되돌아간다. 농담으로, 즉 콩트나 개그 같은 것으로.

  그중에서 가장 유명한 다음의 명언은 코널리가 가졌던 철학적 야심의 속내를 보여주는 단서이기도 하다. "모든 뚱뚱이 안에는 꺼내달라고 아우성치는 홀쭉이가 갇혀 있다." 저자의 고통이 실은 신체적 통증일 때, 《잠 못 드는 무덤》은 저자의 괴로움과 이격감 그리고 박탈감을 영성적 어휘로, 때로는 정치적 어휘로 표현한다. 30대 후반, 잘 먹어 살찐 몸을 40대라는 새로운 시기로 끌어올리고 중년남스럽게 뒤뚱거리는 걸음걸이가 이미 몸에 밴 채로, 코널리는 체중이 딱 반 스톤[2]만 빠진다면 자신의 나머지 작업물은 걸작이 되리라고 확신한다. "비만은 정신 상태다. 비만은 권태와 낙담으로 인해 발생하는 질병이다." 그는 글을 쓰게 해줄 균형 상태, 어떠한 신체적·초신체적 중용 상태가 있을 것이라는 생각으로 초조해한다. 어쩌면 약물이 해결해 줄지 모른다고도 생각한다. "밤을 보내기 위한 수면제와 낮을 견디기 위한 암페타민." 그리고 밤과 낮 사이의 시간을 보내게 해주는 것은 언제나처럼 샴페인이다.

---

  2   약 3킬로그램.

《잠 못 드는 무덤》은 문학 창작을 위한 이상적 신체 상태를 꿈꾸는 작가의 일관된 환상으로도 읽힐 수 있다. 그 이상적 상태란 인간의 상태를 상당 부분 벗어난 상태다. 이 책에는 코널리가 가까이에서 본 적이 있는 동물들이 선망의 대상으로 등장하는 대목들로 가득한데, 일례로 그가 사랑한 여우원숭이들은 집을 옮길 때마다 모든 곳에 악취를 내뿜은 동물이었다. 코널리가 몇몇 생명체의 모방 본능을 병적으로 성찰할 때는 초현실주의 작가 로제 카유아가 떠오르기도 한다. "가자미와 광어가 해저의 색깔을, 심지어 해저의 지형까지 흉내 내는 것은 왜인가? 자기 보호를 위해? 아니다. 자기혐오 때문이다." 하지만 코널리의 상상력을 완전하게 지배하는 것은 음식이나 동물에 대한 사랑을 훌쩍 뛰어넘는, 식물 세계를 향한 기묘한 호감이다. 멜론, 마르멜로, 아편 양귀비에 대한 과도한 칭찬도 있지만, 더 기기묘묘한 것은 거의 의식을 가진 존재인 듯한 식물들이 힘을 합쳐 인류를 정복하리라는 상상, 인류가 "식물 부대에게 공격 대상으로 찍혀 포도나무, 홉, 향나무, 언초, 찻잎, 커피콩에 의해 말살당할" 것이라는 상상이다. 이 북적북적한 모든 삶이 작가의 몸 안에서 그리고 작가의 몸을 통해서 살아가고 있을지도 모른다니, 글을 쓰며 살아가는 것과 '식물처럼 빈둥거리며 살아가는vegetate' 것이 결국 마찬가지라니, 악몽 같기도 하지만 위로가 되는 백일몽 같기도 하다.

벽에 부딪힌 모든 작가가 절박함의 최종적, 결정적 단계에서 시도하는 방법, 가령 심란한 마음을 과업 그 자체로 바꾸기, 관성에 저항하기보다 관성을 이용하기 같은 것들을 코널리도 시도하고 있다. 그의 가장 애처로운 몇몇 대목은 바로 이런 계획(혹은 무계획)의 결과다. 팔리누루스가 파리의 책 가판대들 사이를 떠도는 대목, 오후 중반에 '좌안' 호텔 방에서 덜컥 잠이 깨는 대목, 햇볕이 내리쬐는 항구들을 쏘다니며 통찰을 찾아 헤매는 대목 등이 그렇다. 하지만 그의 그런 플라느리flânerie[3]조차 비현실적이고 더 이상 불가능한, 전쟁 전 향수의 대상일 뿐이다. 이제 그는 채링 크로스 로드를 배회하다가 연약해 보이는 젊은 여성이 녹색 코듀로이 정장에 리넨 외투를 걸치고 츠웨머 서점 앞을 지나가는 것을 발견하고는 세인트 자일스 쪽으로 쫓아가다가 결국 놓친다. 피터 퀘널에 따르면, 코널리는 "고고하고 원시적인" 그 여성을 그리워하며 며칠을 보냈다. "곤경에 처한 미모와 지성"을 향한 어린 남자아이스러운 욕망을 품은 채, 직감이 이끄는 대로 첼시 일대를 배회했다고.

이런 식의 디테일은 쉽게 조롱의 대상이 된다. 중년에

---

3   유한계급 남성이 도심의 번화가를 배회하는 행태를 가리키는 프랑스어.

접어든 식객 생활자, 불행한 기혼자, 문학 저널리즘 종사자의 디테일이라면 더욱 그러하다. 하지만 코널리가 전쟁 후 10년의 시간을 가장 크게 특징지을 모종의 실존적 불안정감을 포착할 수 있었던 것은 그런 그리움의, 과음의, 그리고 자살에 가까운(이건 그의 주장이었다) 불면의 시간들 덕분이었다. 1967년, 그의 장래성은 이미 옛날얘기가 되고 《잠 못 드는 무덤》은 때마다 한 번씩 엘리트 관료 스타일의 도도한 책이라고 헐뜯기던 시기에 케네스 타이넌이 지적한 것처럼, 유럽 사상가들로부터 가져온 불안^Angst 개념을 대중화하는 데 그 누구보다 큰 역할을 한 사람이 바로 코널리였다. 다만 그가 그러한 역할을 한 시기가 오래전이었다는 점, 그리고 그가 그런 역할을 한 방식이 그토록 영국적이었다는 점을 통해 짐작할 수 있듯(그의 방식이 영국적이었다는 말은 유럽적 사고와 문학이 애초에 의미했던 바를 크게 부풀려서 이해했다는 뜻이자 저질 코미디에 구제 불능으로 중독되어 있었다는 뜻이다), 코널리의 실존적 넋두리는 차세대 아웃사이더 문화의 시크한 액막이 부적들 사이에 걸고 끼일 수 없있다. 그가 사신이 따라 하고 싶어 한 위대한 잠언 작가들 사이에 낄 수 없었음은 말할 필요도 없고 말이다.

이렇듯 《잠 못 드는 무덤》은 고색창연함을 띠기 시작했지만, 그 전에 짧은 인기를 누린 시기도 없진 않았다. 당시 엘리자베스 보웬, 필립 토인비, 에드먼드 윌슨이 《잠 못 드는 무덤》에 찬사를 보냈고, 심지어 헤밍웨이는 편지에 이렇게 쓰기도 했다. "이 책이 클래식이 되리라고 거의 확신합니다. (클래식을 뭐라고 정의하든 말이죠.)" 코널리의 아내 진은 당시 별거 중이던 남편에게 이렇게 말했다. "자기 연민이나 불행으로 인해 정체되는 대신 변화되는 사람은 별로 없는데, 당신이 그런 사람인 것 같네." 1944년에만 해도 해미시 해밀턴은 코널리의 원고를 반려했었다. "귀하의 글은 천사와 같고 귀하의 생각은 현자와 같지만, 이 책에 배어 있는 비통함과 절망감이 저희를 불안하게 만듭니다." 하지만 《호라이즌》 한정판으로 나온 에디션이 성공을 거둠에 따라 그 발행인도 마음을 바꾸었고, 1945년에는 해밀턴의 임프린트에서 존 파이퍼의 표지 디자인을 입은 《잠 못 드는 무덤》이 출간됐다. 일각에서는 부정적인 평가를 고수했다. 《타임스 리터러리 서플먼트》에 글을 쓴 익명의 서평가는 이 책의 "음산한 바보짓"을 언급했고, 《스크루티니》의 R. G. 라인하르트는 "그가 '정교한'이나 '우아한' 같은 단어들을 너무 좋아하는" 점에 유감을 표했다. 한때 그의 친구였고 그를 '아는척쟁이Smartiboots'라고 부르면서 험담할 기회를 놓치지 않았던 이블린 워는 "시릴이 공산주의를 신봉하시는 젊은 여성분들 사이에서 너무 오래 지내온 탓"이라고 했다.

시릴 코널리가 대체 무슨 생각으로 이런 형식의 책을 썼는지 진지하게 궁금해한 독자가 당시에는 없었던 것 같다. 지금의 독자들이 이 같은 형식, 즉 예전에는 생경하게 느꼈을 단상 형식이자 비슷한 것들을 느슨하게 모아놓은 에세이즘 형식에서 매우 강렬한 인상을 받는 것과는 다르게 말이다. 코널리의 인용 예술을 언급하면서 다른 작가들, 예컨대 벤야민(《아케이드 프로젝트》의 인용문 콜라주)이나 아도르노(비슷한 시기에 나온 《미니마 모랄리아》의 패턴화된 단상들)와의 공통점을 찾는 것은 무리일는지도 모른다. (벤야민이 대마초에 관해 쓴 책[4]이나 아도르노가 망명기에 미국의 욕실 구조에 관해 쓴 글을 읽어본 독자라면 두 철학자와의 비교가 아주 터무니없다고는 생각하지 않겠지만.)

그러나 전쟁 후의 유럽 철학자 중에서 코널리와 비슷하게 음울하고 잠언적인 면모를 띤 에밀 시오랑과의 비교는 적절하다고 볼 수 있을 것이다. 코널리의 목소리는 《잠 못 드는 무덤》이 나오고 5년 뒤에 파리에서 출간된 《쇠망의 짧은 역사》의 저자 시오랑의 목소리와 놀라울 정도로 비슷해진 때가 있다. 이 두 작가는 파스칼, 리히텐베르크, 라 로슈푸코의 그 활기찬 권위를 키치에 빠지지 않고서 완벽하게 모방하기란 불가능하다는 사실을 알고 있었다.

---

4 《해시시에 대하여》. 로제 카유아와 플라뇌리에 관한 언급도 나온다.

하지만 또한 두 작가 모두 그러한 형식이 윤리의 측면과 스타일의 측면에서 자아내는 효과들을 사랑하게 돼버린 상태였다. 시오랑의 시큼한 격언들에 익숙해질 수만 있다면, 코널리의 글도 다르게 들릴 수 있다. 시오랑은 이렇게 말한다. "내가 아는 '새로운' 인생은 망상에 빠져 뿌리를 썩히는 인생뿐이었다." 코널리는 이렇게 말한다. "애초에 성장이라는 발상을 이렇게 슬쩍 집어넣은 것은 어떤 괴물 녀석인가? 우리의 행복 개념을 이런 성장통 개념으로 망쳐버린 것은 어떤 녀석인가?"

오늘날에는 코널리의 문체를 상상해 보는 것조차 어려워졌지만, 그가 사용한 에세이라는 형식은 상상해 볼 수 있다. 또한 소재 면에서는 마구잡이이되 스타일 면에서는 정밀함을 추구하는 에세이즘에 대한 헌신을 상상해 보는 일도 가능하다. 《잠 못 드는 무덤》은 단상과 일기로부터 뽑아낸 부품들 사이에 소화되지 않은 독서라는 윤활유를 바른 작품이었고, 코널리의 동시대인들 중 일부에게는 그것이 전혀 책으로 보이지 않았다. 게다가 그가 이 책의 중심에 놓은 팔리누루스는 그의 실제 자아들 가운데 하나인 시무룩한 자아, 부풀려진 자아, 향락적인 자아였으니, 이 책에서 표현된 야심과 회한과 눈먼 사랑은 그저 거북하게 느껴질 수밖에 없었다. 그러나 20세기 중반에 영국에서 가장 실험적이고 자기 고백적인 에세이를 쓴 작가가 응석받이에 허세남에 (재치가 있다고는 해도) 적당히 평범한 교양인이었다는 점이 정녕 그토록 희한한 일일까? 그는 시대에 맞지 않은 작가였을까? 자신이 실패자라는 점에 열광한? 마이너한 양식에 능란했으며 중독돼 있던? 난 그렇게 생각하지 않는다. 올해로 73년째가 된《잠 못 드는 무덤》은[5] 어떤 우아한, 휘어잡히지 않는 형식을 가르치는 교본으로서의 잠재력을 여전히 간직하고 있다. 이 책은 모든 문제점들에도 불구하고 걸작이며, 팔리누루스는 에세이의 세계에서 우리의 동시대인이다.

5 《잠 못 드는 무덤》은 1945년에 출간되었다.

위안에 관하여

떠나야 했을 때, 목적지로 삼은 곳은 마게이트[1]라는 쇠락한 해안 도시였다. 그곳에서 내가 서로 이어볼 수 있는 것은 당연히 아무것도 없었다.[2] 거기로 갔던 이유는, 다른 데서는 힘들겠지만 거기서라면 생활비를 감당할 수 있겠다는 짐작에서였다. 그로부터 몇 년 전에 마게이트의 한 갤러리에서 작업할 기회가 있었는데, 그때 그 도시가 주로 런던에서 밀려난 아티스트들과 그 밖의 창작자들(로 추정되는 사람들)로 채워지고 있다는 정보(어쩌면 내가 잘못

---

1   잉글랜드 남동부의 작은 해안 도시. T. S. 엘리엇이 〈황무지〉를 쓴 도시이기도 하다.

2   "마게이트의 모래사장에서. 내가 서로 이어볼 수 있는 것이 아무것도 없네." 〈황무지〉의 한 대목.

들은 정보)를 얻은 바 있었다. 나는 마게이트의 부흥 비슷한 것을 알리는 아티스트 스튜디오들과 빈티지 숍들과 내가 작업했던 갤러리가 있는 그 동네에서 도보로 10분이 채 안 걸리는 곳에 거처를 구했다. 새로 지은 날림 건물이었는데, 벽이 종잇장처럼 얇았다. 작은 아이들이 낮 시간 내내 소리를 질렀다. 밤 시간에도 한참 소리를 질렀다. 주말에는 어른들도 고성을 질렀고, 바로 윗집의 가구들이 바닥으로 내던져지는 것 같은 소리가 들려왔다. 그럴 때 내가 썼던 방법은 지하 주차장으로 피신해 담배를 피우며 이웃들이 다 죽기를 기원하는 것이었다. 불면의 밤에는 가로등 불빛이 흘러들어 오는 커튼 없는 방의 매트리스 위에 누워서 T. S. 엘리엇의 〈사중주 네 편〉을 낭송하는 알렉 기네스[3]의 음반을 들었다. 불안감과 좌절감을 가라앉혀 주는 것은 그것뿐이었으니까.

어서 떠나! 라고 새는 말했지. 잎들[4] 속에 가득한 아이들이,
숨어서 신이 난 채, 당장 웃음을 터뜨릴 것만 같았기에.
어서, 어서, 어서! 라고 새는 말했지. 인간이란 좋은
아주 많은 진실은 견뎌낼 수 없다고.

3 영국의 유명 연극배우 겸 영화배우.
4 leaves. 나뭇잎들일 수도 있지만, 책의 종잇장들일 수도 있다.

몸을 일으킬까, 창문으로 비쳐 드는 불빛에 기대어 옷을 갈아입을까, 그러곤 계단을 따라 밖으로 나가 비를 맞을까, 2분 거리에 있는 절벽으로 갈까, 파도가 절벽을 칠 때마다 얼음 같은 물보라가 녹슨 난간 너머 갈라진 콘크리트를 적시는 그곳으로 가서 바다로 뛰어내릴까, 생각해보는 밤이 있었다. 자주 있었다. 해야 할 숙제가 너무 커서였다. 처음부터 다시 시작하라니. 과거를 제대로 받아들이고 미래를 똑바로 직시하라니. 도저히 해낼 수 없을 것 같았다. 실제로 그 해안까지 걸음을 옮겨보는 밤들이 있었다. 절벽의 난간을 붙잡고서 담뱃불을 붙인 다음, 잠시 북해에 정박해 있는 컨테이너선들의 불빛을 노려보곤 했다. 아침이면 해안선을 돌아 도버 항구에 닿을 그 배들을. 그러고 있으면 늦은 밤의 개 산책자가 난간 너머로 어둠 속을 지나갔고, 공황 몽상에 빠져 있다가 겨우 정신을 차린 나는 오늘 밤은 바다로 뛰어내릴 밤이 아니라는 것을 알게 되곤 했다.

아침에 절벽으로 가는 날들도 있었다. 불면의 밤을 보내고 아침을 맞은 날에는 특히 그랬다. 그런 날은 아침 일찍 건물을 빠져나와 늘 가던 장소까지 자전거를 타고 갔다. 큰길 끝에 다다르면 가파르고 험한 내리막이었고, 그 아래로는 산책로였다. 젖은 콘크리트에서 미끄러져 넘어지거나 아래쪽 난간을 들이받는 사태를 피하려면 브레이크를 부드럽게 잡으며 숨을 참아야 했다. 자전거로 구도심을 가로지른 뒤 번쩍거리는 게임 센터에서 더 서쪽으로 달려 리컬버에 남아 있는 중세 교회 건물의 잔해를, 한 쌍의 탑이 서 있던 자리가 안개에 뒤덮여 있는 모습을 눈에 담는 것까지가 내 일정이었다. 내리막에서 좌회전해 절벽 밑 산책로로 접어들면 1-2분 정도 속도를 내며 점점 많아지는 못생긴 개들과 개 산책자들을 피하다가, 다시 속도를 줄이면서 길에 널브러진 유리 파편들을 피했다. 타이어에 펑크가 난 적이 있는 구간이었다. 그 구간을 지날 때는 앞바퀴의 움직임을 조종하는 데서 오는 작은 긍지감을 느낄 수가 있었다. 빗물과 해수로 채워진 몇 인치씩 되는 웅덩이가 곳곳에 있었다. 아침에 그 구간을 걸어서 지나갈 때는 그런 소금물 웅덩이와 나뒹구는 물풀들을 조심조심 에워가야 했다. (그런 날에는 기차역까지 걸었다. 런던 일정이 있는 날들이었다. 런던 시내 중심가에서 볼일을 처리하는 두세 시간만큼은 내가 어떤 곤경에 처해 있는지 잊을 수 있었다.) 그 파편 구간을 걸을 때면 큼직한 유리 조각들이 발밑에서 계속 으스러졌다. 깨진 유리의 으드득 소리가 나에게 주어진 새 삶의 사운드트랙처럼 들리기 시작했다고 말한다면 지나친 소리일까?

절벽 밑 산책로에서 그 구간을 걸을 때면 늘 떠오르는 길이 있었다. 더블린의 그 길. 정확히 말하면 그 골목길.

이제는 길 이름도 길 위치도 모르겠고, 시내 중심가와 더블린 북쪽 핍스보로 사이 어디쯤이었다는 것밖에는 기억이 안 난다. 나는 핍스보로에 살다가 20대 중반에 아일랜드를 떠났다. 떠나기 전 몇 달간은 내 인생의 불면기 중 하나였다. 많은 밤을 뜬눈으로 지새우던 시기. 걱정과 후회만 가득하던 시기. 그 시기에 나는 자주 한밤중에 한 친구와 둘이서 시내에서부터 집까지 걸었다. 그렇게 둘이서 걸을 때면 친구는 꼭 그 골목길을 지나는 먼 길로 돌아서 가자고 했다. 자기가 다른 날 밤에 혼자 집에 가다가 발견한 광경을 같이 구경하다가 가자는 것이었다. (그 말에 나는 지난 백야의 회색 유령 같은 밤들이 떠올랐다. 그때는 많은 밤을 둘이서 즐겁게 보냈었던 것 같은데. 그게 불과 두어 달 전이었는데.) 그 광경이라는 건 그저 가로등 불빛과 빗물과 깨진 유리 사이에서 만들어지는 우연한 결합이었다. 우리가 그 골목길을 걷는 동안, 깜빡거리는 빛점들이 바닥에 흩뿌려져 있는 것 같았다. 희미한 어둠 속에서 빛점들의 별자리가 한 순간 한 순간 다시 그어지고 있는 것 같기도 했다. 우리가 발 디딘 땅에서 아주 작은 별들이, 어떤 것들은 죽음의 순간을, 또 어떤 것들은 탄생의 순간을 맞고 있는 것 같기도 했다. 심야의 도시가 전해준 반짝반짝한 선물이었고, 굴러다니는 쓰레기들과 기름때 성운들 사이로 펼쳐진 지상의 천체 투영관이었다. 이런 것들을 누가 보라고 하지 않아도 알아볼 수 있는 사람, 내가 그런 사람이었으면 좋겠다, 라고 생각했던 게 기억난다.

재난이 닥치면 모종의 웅크림, 경직, 위축이 뒤따를 거라고 상상했었다. 이미 겪어 알고 있지만 한동안 잊고 있었다가 언젠가부터 다시 시작된 상상이었다. 최악의 상황이 닥치면(그런 상황이 닥치는 건 필연이다), 세계를 버리고 도망친 (세계의 일부인) 자아가 홀로 고립된 존재라는 알갱이로 축소돼 버릴 것 같은 느낌이 들었다. 그때가 되면 나와 나를 제외한 인간들 사이에는 건널 수 없는 심연 또는 황무지가 펼쳐져 있을 것 같았다. (물론 나라는 존재가 홀로 무너지는 배경에는 남들의 존재가 있을 것이었으니, 건널 수 없는 심연이라는 말은 은유적인 표현이다.) 하지만 막상 당하고 보면, 전혀 그런 느낌이 아니다. 재난의 여파인 고립감과 경악감은 오히려 이리저리 흩어지는 감각에 가깝다. 자아가 갑자기 달리 감각된다. 먼지구름이라는, 혹은 편린들의 집회장이라는 감각. 어느 순간에는 일관된 인격이 생기는 것처럼 보일 수 있어도, 언제라도 아무 경고 없이 바람결에 흩어지리라는 감각. 새벽에 덜컥 온데간데없이 사라지리라는 감각. 그것은 나라는 존재가 퇴각해서 덧문을 내리고 바리케이드를 쳤다는 느낌이 아니라, 우물에 빠졌다는 느낌이 아니라, 내 인격이 이리저리 흔들리다가 작은 조각들로 흩어졌다는 느낌이었다. '나'라는 존재가 여러 갈래의 경로상에서 동시에 옮겨지다가 결국 여러 곳의 말단부에 동시에 거주하게 된 느낌이자, 그 존재의 말단부와 그 말단부에 닿은 것을 구분하기가 거의 불가능하다는 느낌이었다.

집을 나설 때마다, 이 작은 도시를 끊임없이 공격해 오는 바람에 어디로든 날려갈 수 있을 것 같았다. 모래나 물거품이 되고 싶었다. 한겨울이 되자 바람과 파도가 해변의 모래를 산책로 위로 옮겨놓았고, 그렇게 쌓인 모래는 100미터 길이의 흙덩어리로 얼어붙었다(시 의회는 문제를 해결할 자원도 의지도 없었을 것이다). 해가 바뀌고도 한참을 더 그렇게 쌓여 있던 모래는 서서히 건조해지면서 바람에 날리기 시작했다. 회오리치는 모래바람에 눈이 따갑고 피부가 쓰라렸다.

단상에 관하여

"많은 고대 저작이 편린이 되었다. 많은 근대 저작은 나오자마자 편린이 된다." 프리드리히 슐레겔의 《아테네움 단상》의 한 대목이다. 18세기는 폐허 애호증, 즉 고대 그리스·로마 문명의 무너진 유적에 미적, 윤리적, 형이상학적 열광을 드러내는 증세에 사로잡힌 시대였다. 그러한 광풍은 건축과 시각 예술에서 가장 뚜렷이 감지되었다. 당시 피라네시가 작업한 판화들을 보면 이집트, 그리스, 로마, 비잔티움의 건축물과 기념물 들이 퇴락하거나 붕괴한 잔해의 모습으로 영화로운 파멸이라는 기상천외한 환상 속에 우글우글 경쟁하고 있다. 개중에는 비교적 차분한 작품도 있는데, 헨리 푸셀리의 회화 〈고대 문명의 폐허가 떨치는 위용에 압도된 예술가〉를 보면, 엄청나게 큰 대리석 손과 발이 있고 그 앞에는 조각가나 화가인 듯한 당대인이 양손으로 머리를 감싼 채 뒤늦게 태어났다는 딱한 깨달음에 빠져 있다. 그러다 낭만주의 시대로 넘어오면, 이제 유럽 전역의 미술과 미학에 있어서 폐허와 편린이라는 것이 결정적으로 중요해진다.

편린의 계보는 문학에서도 발견된다. 그 근거 가운데 하나는 권위 있는 저작들이 모두 문학적 편린, 즉 단상[断想1]의 형태로 전해 내려왔다는 데 있다. 이는 가장 권위 있는 그리스·로마 저자들의 저작도 마찬가지여서, 아리스토텔레스의 희극론처럼 작품 전체가 소실된 경우도 있지만 작품의 일부만이 단상의 형태로 남아 있는 경우도 있는데 (일례로 사포의 시들) 이러한 경우 단상이 나머지 부분에 대해 많은 것을 암시하게 되고 어림짐작과 수수께끼가 작품에 후광을 드리우게 된다. 그러나 고대 그리스·로마 저작들의 단상이 낭만주의 문학에 영향을 미쳤다고 본다면, 그것의 가장 두드러진 영향은 모호한 암시에 있다기보다 단상이 홀로 서 있음에도 주변의 다른 단상들과 대화를 나눈다는 통찰, 혹은 단상들 간의 대화를 독자가 이끌어내야 한다는 통찰에 있을 것이다. (곧 뒤에서 보겠지만, 단

---

1 '문학적 편린literary fragment'은 대개 '단장(斷章, 단편적이며 불완전한 글)' 혹은 '단상(단편적 생각을 적은 짧은 글)'으로 번역된다. 이 책에서는 '단상'으로 옮겼다.

상과 잠언을 구분하는 것이 바로 이러한 긴장감의 여부다.) 에세이는 종종 그 자체가 단상이며, 때론 여러 단상들로 이루어지기도 한다.

단상이 하나로 모이기와 흩어지기 사이를, 형식적으로 (거의 물리적으로) 온전한 상태와 깨뜨리는(심지어 산산조각내는) 작용 사이를 늘 이처럼 애매모호하게 오가는 것은 에세이 그 자체와 마찬가지다. '편린fragment'이라는 말은 '쇄설fragmental'과 '쇄설 퇴적암fragmentals', 즉 두 가지 이상의 광물로 이루어진 불균질 층암과 관련된 지질학 용어를 만들어내기도 했다. 나는 에세이가 모종의 퇴적물이라는 발상이 마음에 든다. 에세이란 다양한 소재가 퇴적된 글, 또는 같거나 비슷한 소재를 다루는 다양한 방식이 퇴적된 글이라는 발상이 마음에 든다. 한 편의 에세이에 들어올 수 있는 단상들(또는 한 권의 에세이로 묶일 수 있는 글들?) 사이에는 반복이나 리듬이 있다. 적어도 현재 우리가 낭만주의라고 부를 수 있는 미학에 따르면, 하나의 텍스트는 여러 개의 미적-역사적 계기들로 서서히 와해될 것이다. (어쩌면 서서히 와해되는 대신에 갑자기 폭발할지도 모른다.) 여기서 일단 슐레겔의 말을 다시 들어보자. "단상은 가시두더지처럼 주변 세계로부터 철저히 고립되어 있으면서 그 자체로 완성된 작은 예술품 같은 것이어야 한다." 놀랍고도 우스우며 가르침까지 주는 표현이 아닐 수 없다. 어떤 면에서는 선명한 논리가 보이기도 하는데, 문학적 편린이란 보물함 속의 미니어처 초상화처럼, 로켓 목걸이 속의 애인 사진처럼 소중히 간직되고 조심스레 다뤄져야 하는 것이자 들숨처럼 빨려 들어와 있는 것이라는 의미가 그것이다. 단상이란 그게 물건이든 글이든 간에 견고하고 원초적인 것, 바깥 세계의 위험을 막는 반짝이는 등딱지를 가진 것이라는 얘기다.

그런데 잠깐, 가시두더지라고? 등을 동그랗게 만들어 위험을 피하는 그 동물을 떠올려볼 수야 있겠지만, 어찌됐든 기묘한 이미지가 아닌가? 편린이 우리로부터 등을 돌릴 때 우리는 더 작은 편린들의 등판, 아주 작은 예술 작품들에 의해 찔릴 수 있는 더 많은 기회의 등판을 마주하게 되니 말이다. 문학적 편린은 우리를 등지고 피하는 동시에 우리에게 공격을 가하는 가시두더지의 가시털 같은 것이라고 생각해 볼 수도 있다. 뒤에서 살펴보겠지만, 단상의 유사 장르 중에 유난히 날카롭고 역설적인 장르인 잠언은 목표를 정확히 조준할 수 있는 날카로운 무기 같은 글이라고 간주되어 왔다.

그러나 단상이 이처럼 곤두선 가시털을 닮았음을 알았다고 해서, 작가들과 독자들이 왜 그토록 단상에 매력을 느끼는지 알게 되는 것은 아니다. 단상이 발산하는 매력은 정확히 어떤 것일까? 이 질문에 대해서는 역사와 관련한 많은 답변들이 있다. 자아에 분열이 가해진 낭만주의 시대의 경우, 작품이 있기에 앞서 자아가 있음을 단상이 증명하기도 하고 슐레겔의 작품에서처럼 단상이 의도적으로 자아를 홍보하기도 한다. 자아의 그러한 분열은 아픔으로 느껴지기도 하고 재미로 느껴지기도 하는데, 예컨대 영국의 낭만주의 시 문학에서는 자아 분열이 근대화의 문제적인 결과물로 나타나지만 동시에 단상 하나하나가 '나'라는 작가를 리메이크하거나 리모델링할 기회, 이른바 '심리적 실험'의 기회가 되어주기도 한다. (사뮤얼 테일러 콜리지의 시 〈쿠블라 칸〉은 명백한 미완성이라는 의미에서 단상인데, '심리적 실험'은 그가 이 단상을 지칭할 때 사용하는 표현이다.) 단상의 형식을 취하는 작가는 자신이 다채롭고 다면적인 인물이라는 점을 모든 무대에서 분명히 밝힌다. 이러한 작가의 자아는 매번 정교하게 표현되고, 그러면서도 매번 다른 인물이 되어 다시 시작해야 하며, 이것은 끝없이 계속된다. 물론 글은 시간의 흐름 속에서 펼쳐지는 것만이 아니라 공간을 채우도록 존재하는 것이기도 해서, 일단 글 전체가 완료되면 그것의 모든 부분이 다소 복잡한 배열로 늘어놓아질 수밖에 없긴 하다.

그리하여 이 지점에서 패턴의 문제가 생긴다. 이 단상들은 어떠한 원칙으로 페이지 위에서 또는 독자의 기억 속에서 서로 인접·접촉하게 되며 동료 단상들을 상대하거나 유혹하게 되는가? 어떤 경우에는 작성 순서라는 단순한 우연이 단상들의 최종 배열 형태를 결정짓게 된다. 그런 비체계적인 배열 형태를 낳는 형식들, 가령 연습장이나 일기장 같은 것들에 대해서는 곧 살펴보도록 하자. 사실 단상을 쓰기로 작정한 작가는 다른 글을 쓰는 작가와는 달라서, 정확한 구성이나 배열에 대해 끊임없이 고민에 빠진다. (다만 단상을 쓰는 작가에게는 그처럼 정확히 배열하려는 경향과는 상반되는 경향, 즉 격식을 버리고 느슨해지려는 경향 또한 있는데, 그 느슨해지려는 경향 때문에 배열하려는 경향이 더 강해지는 듯도 하다.) 어떤 관계에 따라 배열할 것인가에는 여러 선택지가 있다. 생각의 흐름을 따라가는 열거식의 배열, 목록처럼 하나하나 늘어놓는 배열, 상반된 주장이나 스타일을 병치시키는 배열 등이 가능하다. 은유법처럼 동질성과 이질성 사이의 절묘한 균형을 노리는 배열도 있다. 슐레겔이 볼 때 재치란 이질적인 것을 연결하는 배합의 기술로, 다음과 같은 메커니즘을 따른다. "많은 경우, 재치 있는 착상이란 친한 사이면서도 오랫동안 못 만나던 두 생각의 깜짝 만남과도 같다." 그리고 여기서 다시, 대화라는 형식의 문제가 대두된다. 대화란 일종의 목록이기도 하다.

대화는 단상들의 사슬, 단상들의 화환이다. 서간을 주고받는 행위는 더 큰 규모의 대화이고, 회고록은 단상들로 이루어진 하나의 체계다. 그러나 내용과 형식 모두에서 단상이라고 할 만한 장르는 아직 없다. 전적으로 주관적인 동시에 전적으로 개인적인, 완전히 객관적이면서도 모든 학문 체계에서의 필수 요소와도 같은 단상 장르는 아직 존재하지 않는다.

단상이라는 장르가 아직 없다는 위의 말이 실린 바로 그 작품《아테네움 단상》이 곧 단상이라는 장르가 존재한다는 사례라고 주장함으로써 슐레겔을 반박할 수도 있을 것이다. 실제로 슐레겔 이후 한 세기가 넘는 기간 동안 단상 쓰기의 습관을 기르고 단상 옹호 논의를 다듬는 일, 단상으로 된 작품을 집필하고 단상에 대한 이론적인(정치적이기도 한) 옹호론을 전개하는 일은 독일 철학 내 시적 계열의 한 과업이 된다. 단상의 전통에서 늘 그랬던 것처럼, 이 시기의 단상의 역사에도 간결함과 산만함, 결합과 확산을 향한 서로 반대되는 두 충동이 깃들어 있었다. 그리고 이러한 역사에 따라붙는 두 고유 명사가 있으니, 그것이 아도르노와 벤야민이다. 단상, 그리고 단상과 밀접한 연관이 있는 에세이가 품은 내적 긴장들의 복합 실현 complex realization이라는 과제를 이 두 사람은 따로 또는 함께 수행했다.

아도르노의《미니마 모랄리아》가 집필된 것은 제2차

세계 대전 도중과 직후의 망명지 캘리포니아에서였다. 이 책은 그의 가장 단상적인 저서로, 153개의 짧은 글로 이루어져 있으며 브레히트와 호르크하이머 같은 동료 망명자들과 아도르노 자신이 남기고 온 사회에 대한 성찰, 그 사회가 나치로 인해 파멸할 때 그곳의 문화가 어떻게 자멸에 공모했는지에 대한 성찰, 미국에서 이주자가 처하게 되는 상황에 대한 성찰 등이 담겨 있다. 미국에 살게 된 아도르노는 재즈 클럽에서 골프장에 이르기까지 모든 곳에서 그와 그의 동료들(벤야민을 제외한)이 막 탈출해 나온 권위주의보다 더욱 부드러운 권위주의의 윤곽을 본다. 그러나 《미니마 모랄리아》에는 글쓰기 자체에 대한 성찰 또한 들어 있다. 〈메멘토〉라는 단상 글에서 아도르노는 이렇게 쓴다.

> 작가의 첫 번째 주의 사항: 모든 글, 모든 장, 모든 절에서 핵심 취지가 뚜렷이 나타나 있는지 살펴볼 것. 뭔가 말을 하고 싶어 하는 사람은 너무 흥분한 나머지 자기가 무슨 말을 하고 있는지 모르게 된다. 의도에 너무 접근한 사람, "생각 안으로 들어가 버린" 사람은 하고 싶었던 말을 못 하게 된다.

아도르노가 제시하는 글쓰기 팁은 모종의 집중과 간결성인데, 이것은 분량과 관련된 팁이기도 하다. 필요 없으면 잘라버려야 한다. "원고의 길이는 전혀 중요하지 않다. 분량이 부족하다는 걱정은 철없는 짓이다."

여기까지는 어찌 보면 꽤 진부하다. 잘 쓴 글은 꼭 필요한 정도의 길이를 가지고 있어서 더 길어지면 안 된다는 얘기니까. 하지만 뒤이어 나오는 이미지 하나가 이 클리셰를 응축하는 동시에 글쓰기라는 문제를 전반적으로 다시 환기해 주는 듯하다. 그 이미지란 이것이다.

잘 쓴 글은 거미줄과 같아서 밀도가 높고 구심적이며 투명하고 자연스럽고 견고하다. 그런 거미줄은 모든 것을 끌어당긴다. 거미줄 사이로 황급히 빠져나가려던 은유는 영양가 높은 먹이가 된다. 글의 소재가 자처하여 날아들기도 한다.

어떤 면에서는 이 대목에도 클리셰가 작동한다고 볼 수 있다. 글, 즉 텍스트text의 어원이 (그리고 여기서 파생된 텍스처texture, 조화와 텍스타일textile, 직물의 어원이) 거미줄 같은 망을 뜻하는 라틴어 '텍스텀textum'이라는 점에서 그렇다. 아도르노의 표현을 통해 분명해지듯, 글에는 끌어당기는 힘이 있어서 일단 글의 거미줄에 걸렸다면 그 아슬아슬한 필살의 장력으로부터 빠져나가지 못한다. 그러나 잘 쓴 글이 거미줄 같다고 말할 때, 그 말에는 다른 뜻도 있다. 거미줄은 온갖 양태의 불균질한 질료로 채워질 수 있고,

그런 거미줄은 허공에 떠도는 모든 것을 붙잡을 수 있으며, 그 거미줄을 친 작가는 완전한 먹이가 걸려들기를 항상 노리고 있어야 한다는 뜻이 그것이다. 거미줄은 수단, 과정, 도구이지 완결된 작품이 아니다. 글이라는 거미줄은 원래 임시적인 것이어서, 처음에 아무리 강하게 쳤다고 해도 시간이 지나면 약해질 것이고 그럼 작가는 더 멀리 나가서 다른 거미줄을 쳐야 한다.

한 편의 글이 가진 동질성과 이질성에 관한 이 같은 질문이나 의문은 그에 기꺼이 상응하는 답을 이미 가지고 있다. 각 부분들 간에 단순히 동질적 관계나 이질적 관계만 존재하는 것은 아니라는 답, 미적·논리적 온전함으로 쾌감을 주는 글이 따로 있고 분열적 스타일의 단상 작가가 무작정 써나가는 글이 따로 있는 것은 아니라는 답이 그것이다. 부분들 사이의 관계는 변증법적 관계이기에, 한 편의 글은 단상들 사이의 분쟁과 조정에 의해 진행된다. 이 점을 슐레겔은 이미 알고 있었던 것 같다. "대부분의 경우, 생각은 그저 생각의 앞면일 뿐이다. 우리가 해야 할 일은 생각을 뒤집어 보고 그것의 앞면과 뒷면을 종합해 내는 것이다. 이 방법을 쓰지 않았다면 전혀 흥미롭지 않았을 수많은 철학 저술들이, 바로 이러한 방식으로 커다란 흥미를 끌어왔다." 다시 말해, 단상적인 작업이 위력과 동질성을 획득할 수 있는 것은 바로 그 부분들 간의 분쟁과 이질성 덕분이라는 얘기다. 아도르노의 가르침에 따라 자신이 하고 싶었던 말을 제대로 전한다는 것은 곧 (아도르노 본인이 잘 알았던 바대로[2]) 자신의 글이, 나 자신이 여러 모순되는 것들을 동시에 말할 수 있게 된다는 의미인지도 모르겠다.

---

2 "1950년, 아도르노는 힘겨웠던 망명 시절을 되돌아보면서 자신의 가장 중요한 저작 중 하나인 《미니마 모랄리아》를 내놓았다. 부제는 '망가진 삶에서 나온 성찰'이다. 독일 망명 커뮤니티에는 긴장감과 경쟁심이 팽배해 있었다. 극히 한정된 자원(그리고 인정)을 둘러싸고 경쟁하고 있었다는 것과 함께, 지위와 재산을 잃은 인간들이 끔찍한 심리적, 생리적 극한을 경험하고 있었다는 것이 그 원인이었다." (하워드 아일런드 & 마이클 제닝스,《발터 벤야민 평전》)

잠언에 관하여

잠언의 기원은 지고한 동시에 빈약하다. 현재 일종의 치욕을 겪고 있는 웅장한 야심의 문학 형식답다. 잠언을 뜻하는 영어 단어 '아포리즘aphorism'은 윤곽을 정하기, 끊어내기, 떼어내기라는 뜻의 그리스어에서 유래한 라틴어 'aphorismus'와 프랑스어 'aphorisme'에서 온 말로, 16세기에 의학적 문헌을 묘사할 때 처음 사용된 것으로 보인다. 히포크라테스가 쓴 것으로 추정되는 의술과 양생에 관한 글들의 첫머리에 이 단어가 등장한다. 그 글들은 총 70개가 넘는데, 그중 첫 번째가 문헌의 역사를 통틀어 가장 자주 인용되는 경구 중 하나인 "인생은 짧고, 의술은 길다."이다. 두 번째 단상 혹은 명제는 '내장 질환'에 관해 논하는 글로, 이 글에서 잠언 작가란 상당한 수고와 함께 진실의 작은 덩어리들을 몹시 힘들게 배출하는 일종의 변비 환자라고 일찍이 암시된 바 있다. 잠언은 단단한 덩어리 같은 글, 딴죽을 걸거나 설명을 달려는 시도에 뻣뻣하게 저항하는 글이라고 정의된다. 잠언은 에세이의 친척뻘이며, 에세이 안에 담겨 있는 경우도 있다. 잠언과 유사한 다른 단어로는 '금언maxim' '격언apothegm' '언명dictum' '경구epigram' '단언gnome' '명언sentence' 등이 있는데, '속담saw' '고언adage' '항설proverb' 등과 비교할 때 잠언은 우회적이라는 점에서 차이가 있다고 봐야 할 것 같다.

근대의 잠언은 고전적 잠언을 모델로 삼을 수도 있지만, 잠언이 자신의 잠재력, 행동력, 타격력을 어느 정도 자각한 형식이 된 것은 근대에 와서다. 무엇보다도 잠언은 칼이나 창 같은 무기를 과격하게 휘두르는 것과 비슷한데, 잠언으로 결정타를 날리기란 불가능한 일이기에 때마다 거듭 찔러야 한다. 또한 단상이 대개 다른 단상들과 나란히 함께 있는 것과 마찬가지로, 단상의 한 버전인 잠언도 대개 다른 잠언들과 나란히 함께 있는 편이다. 그리하여 잠언 하나하나는 상대를 씨르고 막을 수 있는 독창적 표현이 되고자 하지만 잠언이 등장할 때에는 여럿이 함께 나온다. (이러한 모순은 호러스 월폴을 두고 제임스 보스웰이 했던 말을 통해 간결하게 표현된다. "듣자 하니 오포드 백작 호러스 월폴은 한 작가당 하나씩의 잠언들로만 이루어진 잠언집을 가지고 있다고 한다.")

　이처럼 간결함과 격렬함을 배합한 잠언이라는 형식은 17세기에 여러 가지 이름을 얻었다. 스페인 예수회의 수사였던 발타사르 그라시안은 자신의 책《처세술》에서 '예리한 말^{agudeza}'이라고 부른 형식, 즉 최대화된 의미를 최소화된 스타일 안에 다져 넣은 일종의 재치 어린 명언 스타일을 완성했다. 같은 세기에 폴란드에서는 역시 예수회 수사였던 시인이자 미학자 마치에이 카지미에시 사르비엡스키가 '뾰족한 말^{acutum}', 즉 매너리즘 양식의 칼침 또는 스타일 차원의 칼날에 관한 이론을 개진했다. 아포리즘의 작용이 이렇듯 당돌하고 날카로운 무언가에 비유된 것은 그 시대만의 일이 아니었다. 모리스 블랑쇼는《카오스의 글쓰기》에서 이렇게 말한다. "글쓰기는 이미(아직도) 폭력이다. 각각의 편린 속에서 찢겨 나가고, 중단·절단·분할된다. 그것은 날카롭게 잘라내는, 칼날처럼 날카로운 폭력이다." 한편 에밀 시오랑은 경제성과 우회성의 미덕과 관련해 다음과 같이 말하기도 한다. "'고상함'의 가장 두드러진 특징은 간결함 아닌가? 장황한 설명, 해명, 증명 따위는 저속함의 양태일 뿐." 그리고 롤랑 바르트는 잠언의 날카로움과 거기서 비롯된 효과에 대해 말한다. "날카로움은 절삭된 것의 특징이다. 말이 침묵으로 바뀌면서 정적과 갈채를 기대하는 그 허술한 장식의 순간이 오기

전에 생각을 자르는 것이, 날카로운 글의 특징이다."

이렇듯 잠언은 홀로 잘려 나와 있는 글이고, 다른 잠언들과 나란히 함께 있을 때라든가 비교적 긴 글 속에 들어 있을 때라 해도 잘라내는 것이 불가능하지 않다. 잠언에는 날카롭다는 특징과 함께 딱딱하다는 특징도 있는데, 라 로슈푸코의 정교한 잠언들에 관한 에세이에서 바르트는 이 형식을 곤충의 몸통을 보호하는 외골격에 비유하며 무기로서의 잠언이 아닌 갑옷으로서의 잠언을 강조하기도 했다. (슐레겔이 단상을 가시두더지에 비유했던 것을 기억하자.) 잠언이 겉에서 보여주는 것은 단단히 포개진 자립성이지만, 독자가 그 잠언의 은밀한 골격을 보아내는 것은 가능하다. 잠언은 명확한 구조를 가지고 있는데, 그중 가장 단순한 것은 대칭 구조와 병렬 구조다. 잠언 작가의 꿈은 문장 속 단어들을 방정식의 숫자들로 만드는 것이다. 잠언이라는 장르와 '~이다(be 동사)' 간에는 묘한 친연성이 있다. 잠언의 기본형은 'X는 Y다'이니까. 독자를 놀라게 하려는 작가는 'X는 실제로는 Y다'라고 쓰기도 한다. 여기서 더 큰 효과를 내려면 이렇게 쓰는 것이나. 'X는 결국 Y일 뿐이다.' 이러한 맥락에서 라 로슈푸코는 《잠언집》에서 다음과 같이 말했다. "군주의 관대함은 백성의 환심을 사는 수법일 뿐일 때가 많다. […] 현자의 의연함은 심장의 동요를 감추는 기술일 뿐이다."

롤랑 바르트가 라 로슈푸코의 매끄럽고도 정적인 문장들에 주목하듯, 잠언의 소재는 견고하고 안정적이라는 인상, 영원히 변치 않는다는 인상을 준다. 잠언은 사랑, 욕정, 오만, 기만 따위의 딱딱한 초역사적 추상들을 담은 장르, 'X는 (복잡한 과정을 거치더라도) 정말로 Y다'라고 우기는 장르라서, 확고부동한 산문 기념비들이 서 있는 현장처럼 보이기도 한다. 하지만 이 장르에는 더 복잡하고 우회적인 구조들도 존재한다. 체조에 비유하자면, 작가는 조금 더 복잡한 구조로 된 평행봉에서 과감한 뒤공중돌기를 시도해 볼 수 있다. 'A와 B 사이의 관계는 X와 Y 사이의 관계와 같다'처럼 말이다. 또한 파스칼이 《팡세》에서 자유자재로 동원하는 사고 구조 겸 사고 실천으로서의 이른바 교차 대구법chiasmus를 받아들인다면, 잠언의 복잡한 구조에 반전을 더할 수도 있다. 파스칼이 쓰는 잠언의 구조는 이따금 직설적인데, 인간이 가진 성질과 윤리의 비일관성에 관해 성찰하는 다음의 잠언도 그중 하나다. "모순들: 본디 인간은 속기 쉽고, 의심이 많으며, 우유부단하고, 무모하다." 형식은 병렬적이고 내용은 대조적인데 그 이상으로 문제 될 것은 없는, 완결적이라고 느껴지는 잠언이다. 반면에 노골적 반전을 포함하는 잠언의 경우, 인간 윤리의 모순을 들여다보려고 하는 자는 인간성이라는 미궁, 제대로 된 출구 하나 없는 미궁 앞에서 의문에 빠진다.

우리는 세상 모든 사람들, 심지어 우리가 죽은 뒤에 태어날 사람들에게까지 알려지고 싶어 할 정도로 주제넘다. 동시에 우리는 우리 주변에 있는 다섯 사람, 여섯 사람의 호평에 기뻐하고 만족할 정도로 경박하다.

재치는 전혀 달라 보이는 둘을 연결하는 기술, 그렇게 둘 사이의 비슷함을 드러냄으로써 충격을 불러일으키는 한편으로 둘이 원래 비슷한 데가 있었다는 확신을 만들어 내는 기술이다. 17세기와 18세기 미학 이론에서의 재치는, 비슷해 보이는 것들을 정교하게 변별하고 분리하는 기술인 판단과 반대되는 개념이다. 잠언은 정확히 재치 반, 판단 반의 비율로 이루어진다고 말할 수 있을 것 같고, 잠언의 성패는 형식적으로 온전함, 침착함, 엄밀함을 유지하는 동시에 내용적으로 충분히 과감한 우회를 감행할 수 있느냐에 달려 있는 듯하다. 독일의 과학자이자 에세이스트 게오르크 크리스토프 리히텐베르크는 그때그때 떠오른 단상들을 모아놓은 것으로 보이는 《쓰레기 책》에서 익명의 누군가에 대해 이렇게 얘기한다. "서로 다른 둘을 비교하도록 해주는 것을 매개념이라고 할 때, 그는 모든 것을 그런 매개념으로 삼아 다른 모든 것을 서로 비교할 수 있을 만큼 재치 있는 사람이다." 잠언의 핵심은 모순을 간결하게 표현하는 데 있지만 순전한 역설을 응축적으로 묘사하는 데 있기도 하다. (이러한 묘사가 적어도 파스칼 이후로 존재했던 덕분에 시오랑의 다음과 같은 명언도 나올 수 있었다. "모든 면에서 과했던 파스칼은 상식적일 때도 과하게 상식적이었다.") 다만 이 방향으로 끝까지 가게 되면, 잠언이 한갓 역설에 그칠 위험이 생긴다. 합리성, 실재성, 윤리성, 그 어느 것이든 넘어뜨리는 게임에 점점 휘말릴 위험이 있는 것이다. 이러한 역설 스타일의 전형으로는 오스카 와일드가 있다. 그의 잠언들 하나하나는 희곡이나 소설에 들어 있는 것이든 목록의 일부가 따로 드러난 것이든 빅토리아 시대의 경건주의와 위선에 호응하는 각종 클리셰를 폭로하고자 만들어진 것들로, 다음의 문장만으로도 그 점을 충분히 확인할 수 있다. "사소한 사안에서 늘 중요한 것은 스타일이다. 진심이 아니라. 중요한 사안에서 늘 중요한 것은 스타일이다. 진심이 아니라."

이런 종류의 잠언에는 단언 말고는 아무것도 없어서, 논의나 증거가 있어야 할 자리에 'be 동사'의 현재형이 버티고 있다. 하지만 이렇게 'be 동사'가 전권을 휘두른다는 것, 그러면서 번번이 반전이나 역설의 레토릭에 의지한다는 것에는 어딘가 참아줄 수 없는 구석이 있지 않나? 그렇다 보니 이제 잠언에서의 단언은 지적·스타일적인 키치 같은 것, 그리고 사이비 영성 논문들과 내용 없는 자기 계발 서적들의 전유물이 된 듯한 '소중함'의 가치 같은 것처럼 느껴지기 시작한다. 잠언이라는 형식이 더 이상 충분히 진지하게 받아들여지지 않는다고 했던 니체의 불평은 아마도 이런 뜻이었을 것이다. 실제로 니체가 살았던 시절부터 잠언 형식의 글을 납품해 온 작가들의 진부함은 다음 문장만큼이나 견디기 어렵다. "가르치면서 배운다."(G. I. 구르지예프) 명백하게 아이러니한 의도로 쓰인 에세이나 픽션의 한 구절을 마치 평이한 잠언인 양 뽑아내 약으로 파는 경향도 있다. 예컨대 존 디디온의 《화이트 앨범》 첫 문장이 바로 그런 운명을 맞았다. "살기 위해서는 지어낸 이야기를 믿어야 한다." 1960년대 반문화의 응혈에 관한 에세이를 읽으면서, 심지어 그 첫 페이지를 읽으면서 직해가 부적절하다는 사실을 알아채지 못할 정도라면, 감수성이라는 꼭지각은 얼마나 둔각일 것이며 그 밑변에 해당하는 직해는 얼마나 바닥일 것인지. 하지만 이런 문장들을 마치 자립성을 갖춘 영원한 지혜의 사례인 양 있는 그대로 읽고 싶은 충동이 전적으로 불미스럽기만 한 것은 아니고, 훈계는 에세이즘의 여러 측면 중 하나이기도 하기에, 마치 등산로를 올라갈 때 해발 고도 표지판을 하나하나 발견하듯 이 장르의 풍경 곳곳에서 견고하고 유익하게 훈계하는 잠언들을 발견하는 것도 가능하긴 하다.

내 경우, 잠언에서 나의 감탄을 불러일으키는 것은 정면을 피하는 접근 방식이다. 대부분의 잠언 작가들이 X는 Y라고, X는 Z가 아니라고 단언하는 'be 동사'에 중독돼 있지만, 이러한 단언의 오만한 독재를 피하는 선택지는 항상 있다. 이 선택에는 약간의 부조리가 따라오는데, 리히텐베르크의 잠언 중에서 가장 매력적으로 다가오는 "바지 두 벌을 갖고 있다면 한 벌을 팔아서 이 책을 사라."가 그런 부류다. 잠언이 추상적 관념이나 구체적 사물을 정의하는 작은 기계라고 생각해 볼 수도 있겠지만, 나는 그런 발상보다는 잠언이 욕망의 표현이라는 발상이 더 마음에 든다. 그렇게 욕망을 표현한 잠언 중에는 시인 돈 패터슨의 음울한 상상이 담긴 다음 문장처럼 잠언이라는 형식 그 자체에 관한 것도 있다. "한 문장만으로 독자를 죽도록 지겹게 만드는…" 아니면 패터슨이 부분적으로 인용하는 시오랑의 말을 다시 떠올려봐도 좋겠다. "걸작을 쓰겠다고 애쓰지 않아도 된다. 취한 사람이나 죽어가는 사람의 귀에 속삭여줄 수 있는 말이면 된다."

디테일에 관하여

어느 특정한 무언가를 사랑하는 것이 통상 가능한 일일까? 개별의 사례를 예찬하는 것이 일반적으로 가능한 일일까? 자신의 관심사는 구체성이 아니라 오직 구체적인 것들이라고 과연 얘기할 수 있을까? 내가 도저히 참을 수 없는 것은, 스스로가 객체 또는 물질성의 편에 있다고 선언하며(그러면서도 객체와 물질 들을 그저 희생시키며) 어느 특정한 대상에 최고의 권위를 부여하는 그 어설픈 학문적 추앙이다. 그런 객체 지향적 존재론자와 신유물론자에게 나는 말하고 싶다. 당신이 그렇게 구체적 사물들의 편에서 힘쓰고 있다면, 어째서 당신이 쓰는 글은 그토록 반세기 전 이론 경향들의 묽은 재탕인 걸까? 어째서 당신이 상상하는 개별적이거나 독자적인 대상을 철저히 다루는 모험은 정작 본인이 쓰는 글에선 전혀 찾아볼 수 없는 걸까? 인간과는 다른 이것저것의 개별적 특성들에 그렇게 전념한다면서, 실제로 존재하는 이 사례와 저 사례에 대해서는 어찌하여 그토록 눈치가 없는 걸까? 대상이 빠진 대상 철학이, 물질이 빠진 물질성이 누구에게 무슨 소용이 있을까? 지적으로 미숙하고 욕심에 휘둘려 도를 넘는 사람들한테나 소용이 있지 않을까. 나도 그런 사람 중 하나였을 테고.

요즘에는 대상을 꾸밈없이 묘사하는 글이 읽고 싶지, 대상을 유식하게 혹은 '급진적으로' 이론화하는 글, 그럼으로써 대상이 사라지는 글은 별로 읽고 싶지 않다. (꾸밈없어 보이는 글일수록 정말로 꾸밈없는 글이 아니다.) 다만 대상이 보이지 않는 글이라 해도, 은유가 사용된 글이라면 (당연히도) 읽고 싶다. 대상이 무언가에 빗대어져, 아무것에라도 빗대어져서 상당 부분 가려질 수 있는 글이라면. 나는 글에 디테일이 있기를 바라고, 그러한 디테일을 공감과 교감의 후광이 감싸고 있기를 바란다. 나는 다른 어떤 것으로도 환원될 수 없는 바로 이 무언가가 여기에 있기를 바라지만, 여기에 있는 이것이 저기의 다른 모든 것들을 '촉발시키는set off' 방식에는 감탄할 수밖에 없다('set off'에는 비교나 대조를 통해서 분명히 한다는 뜻도 있고, 폭발시키거나 갑자기 터뜨리거나 분출시킨다는 의미도 있다). 디테일은 다른 모든 것들에 대해 무언가를 뜻하기 때문에 디테일이다. 달리 말하자면, 디테일은 자기를 둘러싼 전체로부터 무언가를 빨아들이기 때문에 디테일이다.

이러한 디테일들에 대한, 각각의 특정한 것들에 대한 나의 흐릿한 생각들을 선명하게 맞춰보고자 할 때 아일랜드 작가 메이브 브레넌을 떠올린다면, 대개는 의외라고 생각할지도 모르겠다. 1917년에 태어나 열일곱에 뉴욕으로 이주한 뒤 1993년에 세상을 떠난 브레넌은, 최근에 와서야 말년의 치욕(알코올 중독, 가난, 정신 질환)을 썼고 찬미의 대상이 됐지만 살아 있을 때는 기껏해야 이류 작가였다. 브레넌의 소설(배경은 주로 그녀의 고향 더블린이다)은 나직하고, 군더더기가 없으며, 꼼꼼한 상상력이 돋보인다. 그러나 내가 사랑하는 것은 그녀의 에세이다. 1954년부터 1981년까지 《뉴요커》에 '잔말 많은 아가씨The Long-Winded Lady'라는 필명으로 실었던 짧은 글들. 사회학자로서의 야심은 물론이고 뉴욕에 대한 호기심조차 거의 없었던 (뉴욕에서 35년을 머물고도 이 도시의 대부분이 자신에게 아직 수수께끼라고 말했던) 브레넌의 에세이들. 그 메트로폴리스의 거리와 식당, 장기 투숙 호텔 들에서의 삶을 그린 작고 날카로운 초상들.

메이브 브레넌의 특징이 잘 드러나는 에세이 하나를 보자면, 화자인 '잔말 많은 아가씨'는 어느 오후 혹은 초저

녘쯤 집 밖에서 다른 행인들과 대중음식점 이용자들을 주시하고 있다. 용무가 있어서 외출했을 수도 있지만, 그보다는 점심때부터 저녁 식사 시간까지 어슬렁거리고 있었을 공산이 크다. 식당 좌석에 앉아 있는 그녀는 자기보다 나이 많은 한 여성이 비를 피해 들어와 모자, 코트, 투명 방수 덧신을 벗고는 빈 테이블을 찾아 주위를 살피는 모습을 관찰한다. 그렇게 식당을 가로질러 가는 그 여자에게 어느 상스러운 젊은 남자가 아무 이유 없이 "어이, 아가씨!"라고 외친다. 여자는 자리에 앉더니 잠시 동요하다가 금방 일어나서는 식당을 떠난다. 여자가 사라지자, 남자는 앉아 있던 의자에서 나자빠진다. 브레넌의 에세이들은 이처럼 슬프거나 유난스러운 사람들로 가득하다. 그 인물들은 그녀의 꼼꼼한 시선 앞에 한순간 나타났다가 금세 사라지곤 한다. 브레넌은 그들의 거동이나 행실에서 엿보이는 어떤 디테일에 매료당할 때가 잦다. 이제는 영원히 풀리지 않을 수수께끼로 남은 디테일들에. 1966년에 발표된 〈짧은 치마의 어린 아가씨〉라는 에세이에서 브레넌은 타이트한 흰색 크레페 드레스에 흰색 밍크 스톨을 걸친 젊은 여성을 주시하고 있다. "아주 날씬한 몸매, 두 마리의 뱀처럼 다리를 움직이는 걸음걸이. 그녀가 걸을 때 치맛단이 무릎 주위를 스르르 기어다녔다." 거리 전체가 그 젊은 여성을 지켜보고 있다. 그녀의 신발과, 투명

플라스틱 재질에 금색 테두리의 가방도 함께. 그 가방에는 달랑 립스틱 하나만이 드르르 굴러다닌다. 브레넌은 알고 싶다. 돈은 어디에 넣어두지? 돈이 있다면 말이다. 가방에는 없고, 드레스 안쪽에도 아무것도 없으니, 아마도 스톨에 달린 주머니에 있겠지. "그렇다면 립스틱은 주머니에 넣고 가방은 집에 두고 나와도 되지 않을까? 그녀의 이유가 알고 싶다. 물론 스톨에 주머니가 없었을 수도 있지만."

1969년, 자신의《뉴요커》에세이 모음집 서문에서 브레넌은 저자로서의 자신을 작품 속 화자인 '잔말 많은 아가씨'와 구분해 내려는 듯했다. '잔말 많은 아가씨'는 "머무는 여행자"였다고, 집 근처에 머물지만 때로 길을 잃는 여행자였다고 그녀는 말한다. 1963년 11월 2일 자《뉴요커》에 실렸던 에세이〈브로콜리〉가 그 점에서는 단연 최고일 것이다. 이 잡지에 드문드문 글을 기고하는 그 우울한 작가는 그날 오후에도 거리를 배회하며 혼자 식사하기에 적당한 곳을 찾아 주위를 살핀다. "내가 좋아하는 작은 식당들은 오후의 조용한 시간에는 문을 닫을 만큼 이기적인 곳들이었으니, 오늘은 49번가에 있는 레스토랑 롱샹으로 갔다." 그녀는 창가에서 먼, 창문을 등지는 자리에 앉는다. 그녀의 칸막이 좌석에는 찢어져 덧댄 의자가 있다. "넓은 회색 접착테이프를 적십자 십자가 모양으로 네

모나고 확실하게 붙였다." 그녀는 이 체인 레스토랑의 어느 곳에서나 항상 주문하는 것을 주문한다. "절인 넙치를 룽상 세트로 주문한 뒤 메뉴판을 면밀히 살펴보았고, 추가 추문은 쉬프렘 소스를 곁들인 신선한 브로콜리로 했다." 이처럼 느긋하고 가벼운 장면들 때문에 브레넌의 글이 치열하고도 이상야릇하다는 점을 놓치기란 쉽다. 그러나 그다음 장면을 그릴 때의 그녀는 20세기의 도시적 에세이스트이자 그곳에서 펼쳐지는 작디작은 틈새 순간들의 해부학자로서, 죽어가는 나방을 그리는 버지니아 울프나 먼지 얼룩을 분석하는(그리고 그 먼지가 부르주아 계급의 생활 세계와 상상 세계에서 어떤 역할을 하는지 분석하는) 발터 벤야민과 같은 범주에 묶여 마땅하다. 왜냐하면 브레넌의 에세이가 점심 테이블 위의 오브제들밖에 담지 못할 정도로 축소되는 바로 그 순간, 그녀 혹은 그녀의 외로운 대역은 그야말로 제대로 길을 잃기 때문이다. 내가 한 편의 에세이에서 바라는 것이 이런 종류의 관심이다. 견고한 사물이 페이지 위에 완전히 나타나도록 하는 관심. 다른 모든 것들에 대해 무언가를 뜻하는 그 사물은, 그 순간 그렇게 나타났다가 곧 다른 모든 것들 속으로 녹아 들어간다.

접시에 담긴 브로콜리가 브레넌의 식탁에 다다르고, 그 곁에 소스 보트가 놓인다.

웨이터가 소스 스푼을 쥐고 자기가 해줄까 하는 표정으로 나를 쳐다보았지만, 나는 "아니, 지금 말고. 잠깐 두고 가요."라고 말했다. 넙치를 끝냈을 때, 브로콜리를 공략하려고 했다. 웨이터가 했던 것처럼 소스 스푼을 쥐고 브로콜리 위에서 손을 움직이기 시작했다. 그러다가 얼른 스푼을 도로 소스 보트에 내려놓았다. 기억이 안 났다. 브로콜리의 어느 쪽이 먹을 수 있는 쪽인지 기억이 안 났다.

(사물을 대하는 태도가 이렇듯 갈팡질팡하면서도 정밀하다는 것 또한 탁월한 점이지만, 이 대목에는 그 외에도 탁월한 점들이 있다. "기억이 안 났다"의 반복은 특히 감탄스럽다.) 그녀는 브로콜리의 어디를 공략해야 하는지에 대한 단서를 얻을 수 있을까 생각하며 다른 채소들, 먹을 수 있는 부분이 정해져 있는("넘을 수 없는 선이 정해져 있는") 다른 채소들을 떠올려보려고 하지만 머릿속은 백지상태다. 그녀는 소스를 옆으로 조금씩 떨어뜨리다가 스푼을 다시 내려놓는다. 얼마 후에 웨이터가 다가와서 접시들을 치워 가는데, 그대로 남긴 브로콜리에 대해서 그는 "친절하게도" 아무 말을 하지 않는다. 그러곤 에세이의 화자인 '잔말 많은 아가씨'는 이런 말로 글을 끝맺는다. "이러한 종류의 은밀한 실패에는 교훈도 없고 이유도 없다는 것, 그리고 정의도 없다는 것, 이것을 언제 이해할 수 있느냐 하면, 자신

의 오랜 친구 둘을 서로에게 소개시켜 주려는데 한 명의
이름이 기억나지 않을 때, 그때가 되면 이해할 수 있을 것
이다."

탈선에 관하여

　(에세이의 가장 흔한 소재인) 실생활을 묘사하는 에세이를 읽다 보면, 그 글이 실생활에서 나온 더미 같다는 느낌이 들지 않는가? 마치 자갈 채석장에서 파낸 다량의 자갈 더미라든가 폐기물과 함께 분쇄되어 용도가 바뀐 쓰레기 더미처럼. 이 점에 대해 윌리엄 개스는 이렇게 말한다. "우리의 경험은 엄청나게 많은 더미들로 조직되어 있다. 가장 사소하게 느껴지고 소홀하게 여겨지는 순간마저 더미들에 점유되어 있다."[1] 버지니아 울프도 토미스 드 퀸시에 대해 이렇게 말한다. "그의 펜 끝에서 여러 장면이 이어지는 광경은, 흡사 뭉게구름들이 가만히 가까워졌다가 서

1　윌리엄 개스, 〈포드의 인상주의〉

서히 멀어지거나 뜸직이 떠 있는 것처럼 느껴진다."[2] 이는 에세이를 읽으며 우리가 재차 상기하게 되는 이 장르의 세부적 특징이다.

그런데 한 편의 에세이가 가지는 구조적 차원에서 여러 장면들이 이어진다는 것 또는 이어지지 않는다는 것은 어떤 의미일까? 내가 아는 수사적 탈선의 가장 탁월한 사례는 울프가 1925년 가을에 신체적·정신적으로 쇠약한 상태에서 집필하여 이듬해 초 《뉴 크리테리언》[3]에 실은 〈질병에 관하여〉의 후반부다. 이 에세이의 도입부에서 울프는 질병을 제대로 다루는 문학이 없다고, 우리가 질병으로 인해 겪게 되는 감정적 곤란을 최대한으로 이용하는 작가는 물론이고 질병을 서술하고 묘사하고 비유적으로 표현할 가능성을 최대한 이용하는 작가는 드 퀸시와 프루스트 외에는 거의 없다고 말한다.

사람들은 항상 머리의 일들에 대해, 머릿속에 떠오른 생각들에 대해, 머리가 세우는 고결한 계획들에 대해, 머리가 어떻게 인류를 문명화해 왔는지에 대해서 쓴다. 그들은 철학자의 탑에 앉아 있는 몸을 무시하거나, 정복과 발견을 위해 설

---

2 버지니아 울프, 〈열정적 산문〉
3 T. S. 엘리엇이 창간하고 경영한 잡지.

원과 사막을 횡단하면서 낡은 가죽 축구공을 걷어차듯 몸을 걷어차는 모습을 보여준다. 몸이 열의 습격이나 우울의 발병에 맞서 홀로 세계 대전을 벌이는 모습, 그와 함께 머리는 노예가 돼버리는 모습은 도외시된다. 이유가 멀리 있지도 않다. 그 모습을 똑바로 쳐다보려면 사자 조련사의 용기가 있어야 하고 탄탄한 철학이 있어야 하며 땅속 깊이 뿌리박은 이성이 있어야 하기 때문이다.

독감을 다루는 소설, 장티푸스에 대한 서사시, 폐렴에 부치는 송가, 치통을 노래하는 서정시가 있어야 한다. 그러나 질병의 문학이 존재하지 않는다 하더라도(물론 울프의 저 에세이는 그런 문학을 만들기 위한 노력의 일환이다), 질병으로부터 생겨나는 읽기의 양식은 분명히 존재한다. 울프에 따르면, 긴 길이의 산문 작품은 병상에 안 어울린다. 환자는 자연스럽게 시인들을 찾게 된다는 것이다. 이어서 울프는 독감으로 몸져누워 있을 때 셰익스피어를 읽는다는 것이 어떤 느낌인지 생각해 본다. 그제야 처음으로 우리는 셰익스피어의 이상야릇함에 감응하게 된다고, 햄릿의 광기를 감각하게 되고 그가 사용하는 이미지의 다양함과 기묘함에 감탄하게 된다고 울프는 말한다. 그러다가 울프는 지쳐버린 듯, 이제 셰익스피어 전집을 내려놓고 덜 부담스러운 책으로 넘어간다는 듯 딴 길로 빠진다.

"셰익스피어는 그만, 이제 오거스터스 헤어를 살펴보자."
헤어는 19세기의 평범한 전기 작가였고, 그가 1893년에
쓴 (캐닝 백작 부인과 워터포드 후작 부인이 등장하는) 전기
《두 귀족 이야기》는 1925년에 유행했던 독감으로 누워 있
던 사람들이 집어 들었을 법한 책이다. 이제 울프의 에세
이는 비교적 기민하고 논쟁적이었던 문장들로부터 비실
비실 벗어나더니 정말로 아픈 환자, 아픈 작가의 정신 상
태로 바뀌고는 결국 열병의 악몽 같은 장면으로 끝을 맺
는다. 〈질병에 관하여〉가 워터포드 후작 부인과 그녀의
과활동 남편[4]에 대한 상상으로 마무리될 때, 독자는 울프
가 우리를 정확히 어떻게 이곳으로 데리고 왔는지 어리둥
절하다.

남편은 출정하는 십자군처럼 위엄 있게 말을 타고서 또 여
우 사냥을 나갔고, 그때마다 그녀는 손을 흔들며 생각했다.
이게 마지막이면 어쩌나? 그러던 어느 날 아침, 그게 정말 마
지막이었다. 그의 말이 넘어졌다. 죽음이 닥쳤다. 그녀는 그
것을 사람들이 말해주기 전에 알았다. 그리고 그가 땅에 묻
히던 날, 위층에서 뛰어내려 오던 존 레슬리 경은 운구차가
떠나는 걸 보려고 창가에 서 있던 부인의 미모를 결코 잊을

---

4   제3대 워터포드 후작, 헨리 드 라 포어 베레스포드(1811~1859)를 가리킨다.

수 없었으며, 다시 돌아왔을 때 그 창가의 커튼이, 묵직한 커튼이, 중기 빅토리아 시대였으니 아마도 플러시 재질이었을 커튼이, 부인이 울면서 움켜쥐었던 그 커튼이 온통 우그러져 있었던 것 또한 잊을 수가 없었다.

위안에 관하여

나는 사람들이 흔히 서점 같은 집이라고 부르는 집에서
자랐다. 집에 있는 책은 대부분 아버지가 읽는 책이었다.
식탁 쪽 한구석에 있던 맞춤 책장에는 오렌지색 '펭귄' 책
들이 똑같은 판형으로 꽂혀 있었다. 책갑에 든 《전쟁과
평화》도 있었고, 루소의 《고백록》과 위스망스의 《결을 거
슬러서》를 비롯한 펭귄판 번역서들은 녹색 표지를 입고
있었다(이 책들이 다소 유별난 취향이었음은 아버지가 세상을
떠나기 불과 몇 년 전에야 알아보기 시작했다). 20세기 초에
출간된 회색의 '에브리맨' 고전 시리즈 책들은 두꺼운 표
지에 먼지가 쌓이고 있었다. 셰익스피어는 저렴한 시그닛
출판사 에디션으로, 낭만주의 시인들은 아름다운 파란색
하드커버로, 실비아 플라스와 로버트 로웰은 페이버 출판

사의 초판본으로 꽂혀 있었다. 아버지의 침대 옆 탁자에는 《장미의 이름》, 《파타고니아에서》, 패트릭 오브라이언의 페이퍼백 시리즈 등이 놓여 있었다. 금요일 저녁에 새 책이나 문학 주간지 《타임스 리터러리 서플먼트》를 들고 귀가한 아버지는 안락의자에 앉아 그 글들 뒤편으로 사라지곤 했다.

어머니는 뭘 읽었더라? 주로 잡지를 읽었던 것 같다. 《우먼스 오운》과 《우먼스 렐름》, 아니면 1970년대와 1980년대에 아일랜드에서 많이들 읽었던 《더 세이크리드 하트 메신저》와 같은 종교 단체의 간행물들을. 그런 잡지들을 받아 보았던 것은 부모님이 아프리카로 파견된 가톨릭 선교사들의 정기 후원자라서였다. 내가 기억하는 어머니는 늦은 오후에 거실에서, 또는 식사를 끝낸 저녁에 TV 앞에서 이런 잡지들을 읽고 있었다. 그럴 때 어머니가 단행본을 들고 있었던 기억은 없지만, 어머니의 침대 옆에 책들이 놓여 있던 것은 기억난다. 어머니가 무언가를 읽었던 것은 위안과 배움을 얻기 위해서였음을 알려주는 책들. 우선 결혼 생활과 자녀 교육에 관한 책 가운데는 성에 대해 자녀들과 어떻게 대화할 것인지에 관한 책이 있었고 (우리 부모님이 절대로 하지 않은 대화였다), 《아이들은 왜 실패하는가》라는, 그 물음의 당사자들인 나와 두 남동생에게 당혹감을 안겨준 제목의 책도 있었다(1964년에 나온 존

146

홀트의 이 책이 미국 홈스쿨링 운동의 초석을 놓은 책이라는 것을 당시의 나는 알지 못했다).《긍정적 사고의 힘》이라는 책도 있었다. 어머니가 세상을 떠나기 10년 전부터, 아니, 그 이전부터 어머니를 괴롭힌 우울증의 발병기 가운데 하나의 주기를 지나고 있을 때 혹은 지나간 직후에 추천받은 책이었을 것이다. 그 밖에 연한 파란색 겉표지의《굿 뉴스 바이블》과 조금 작은 판형의 검은색 가죽 장정 성경이 있었다. 책갈피 역할을 한 것은 미사 카드와 추도 카드 그리고 어머니가 세상을 떠나기 전 몇 년간 필사했던 성경 구절 카드 들이었다. (어머니는 분명 불안에 시달렸겠지만 자신의 삶이 실제로 얼마 남지 않았다는 것은 모르고 있었다.) 아버지가 갖고 있던 프로이트 책 두어 권을 셈에 넣지 않는다면, 명시적으로 우울증이나 정신 질환 전반을 다룬 책은 우리 집에 전혀 없었다. 어머니를 쉰 살에 죽게 한 피부 경화증이라는 자가 면역 질환을 다룬 책 또한 없었다.

어머니가 세상을 떠난 것은 내가 막 열여섯이 된 1985년 여름이었다. 어머니처럼 나도 많은 잡지를 읽었다. 실은 어머니가 세상을 떠난 바로 다음 날에도 나는 가까운 가판대를 찾아가 그 주에 발행된 음악 잡지《NME》를 사와서는 평소처럼 침대에 누워 앞표지부터 뒤표지까지 두 번 세 번을 반복해서 읽었다. 읽으면 읽을수록 전날 있었던 일들이 덜 생각났다. 이른 아침 어머니가 의식 불명으로 누워 있던 병원에서 걸려 온 전화, 택시를 타고 급히 병상으로 달려가던 순간, 대기실에서 느리게 흘러간 몇 시간, 그리고 결국 정오 무렵에 세상을 떠난 그 순간까지. 그때 《NME》에 무슨 내용이 실렸는지는 기억나지 않는다. 내가 그 잡지를 읽었던 건 다른 10대들과 마찬가지로 음악에 푹 빠졌기 때문이기도 했지만, 자신이 너무도 사랑하는 (혹은 싫어하는) 대상에 대해 글을 쓴다는 개념, 그런 글을 쓰려면 그 대상이 가진 전적으로 새로운 뉘앙스와 의도를 밝혀낼 줄 알아야 한다는 개념에 설렘과 위안을 느꼈기 때문이기도 했다. 장르를 불문하고 나의 최애 작가들이었던 팝 음악 평론가들(기껏해야 20대 초반이었을 그 작가들)은 말도 안 되게 예리하고 세련돼 보였다. 아이러니하게 말하다가도 어느새 격론을 펼쳤고, 괴상하면서도 심오했으며, 항상 스타일리시했다. (나는 그때 이미 스타일을 중요시하고 있었다.) 당시는 그런 작가들, 이언 펜먼과 폴 몰리 같은 작가들이 쓴 기사와 평론을 따로 모아두고 주기적으로 읽은 지 2년이 지난 때였다. 왜 그랬을까?

내가 동네 도서관을 사주 찾게 된 것은 음악 잡지에 언급된 저자들의 책을 찾기 위해서였다. 그 저자들 중에는 비트 세대 작가라든가 톰 울프 같은, 이미 청소년 도서 목록의 클리셰였던 이들도 있었다. 내 최애 음악 작가들이 1960년대와 1970년대에 저널리즘적 글쓰기를 선보인 남성 저자들의 멋 부리기를 좋아했던 탓에, 나는 노먼 메일러와 고어 비달이 쓴 에세이집을 읽어보게도 되었고 중고 가게에서는 헌터 S. 톰슨의 작품들을 눈여겨보기도 했다. (하지만 왜였는지 절대 그 책들을 사지는 않았다.) 그때의 내가 존 디디온이라는 이름을 들어본 적이 없었던 것은 당연했지만, 수전 손택과 저메인 그리어, 폴린 카엘을 읽어야 한다는 것은 알고 있었다. 내가 흠모하던 작가들이 비평 및 정치 분야의 정전에 올려놓은 이름들이어서였다.

내가 롤랑 바르트라는 이름을 알게 된 것도 《NME》에 기고하던 그 작가들이 어쩌다 언급한 내용을 통해서였을 것이다. 나는 바르트가 1980년에 사망했으며 내가 주목해야 할 책이 《현대의 신화》라는 것을 알았다. (아버지의 책 중에서 1957년에 나온 미국 광고 비판서인 밴스 패커드의 《숨은 설득가들》을 대강 훑어본 참이었던 나는, 더욱 철저하면서도 여전히 즐겁게 대중문화를 공부해 나갈 준비가 되어 있다.) 《현대의 신화》는 결국 졸업할 때까지 읽어보지 못했지만, 1960년대와 1970년대에 바르트가 발표한 가장 중요한 에세이들 가운데 몇 개가 실린 《이미지-음악-글》의 번역본은 동네 도서관에 있었다. 그 책에는 디드로와 브레히트, 에이젠슈타인에 대한 에세이(그때 나는 이들 중 두 이름만을 알아보았다), 사진의 '레토릭'에 대한 에세이, 몇몇 가수의 음반에 담긴 목소리의 '결'에 대한 에세이, 전후 문학의 지배적 현존이라고 할 만한 '저자의 죽음'을 다루는 너무도 유명한 에세이 등이 수록돼 있었다.

도서관에서 《이미지-음악-글》을 처음 펼쳤을 때, 나는 이 책이 정말 내가 믿었던 대로 지적인 선동과 스타일적인 활기가 가득한 책인지 아니면 더블린에 거주하던 16세 소년, 겉으론 잠이 덜 깬 모습을 하고 속은 불안으로 타들어가던 한 소년의 집중력과 참조 범위를 훌쩍 뛰어넘는 학술서인지 궁금해하며 한참을 책장 앞에 서 있었다. 나는 그 책을 대출해 집으로 가져왔고, 거의 이해할 수가 없었다. 하지만 읽고 나서 뭔가가 남긴 했고(더도 덜도 아닌 허세가 남았던 것 같다), 그로부터 1년 뒤에 다시 그 책을 대출했다. 이번에는 왠지 어떻게 읽어야 할지 알 것 같았다. 다만 바르트의 철저한 논증과 해박한 지식이 그때의 나에게 감탄스러웠던 것은 분명하지만, 그런 것들로는 10대 소년의 마음을 사로잡을 수 없다. 내 마음을 사로잡은 건 그런 것들이 아니었다. 내가 그 책에서 사랑하게 돼버린 것은 스타일이었다. 바르트의 화려한 해석, 간접적이며 은유적인 논증 방식, 그리고 무엇보다도 예측할 수 없는 구두점과 타이포그래피였다. 예컨대 그의 글에는 의도적인 (그러나 묘하게 자유분방한) 괄호가 많았고, 알쏭달쏭한 이탤릭체가 끊임없이 등장했으며, 콜론이 한 문장에 두 번 이상 등장하는 경우가 잦았다. 내가 내 글에서 그런 습관을 흉내 내지 않게 되기까지는 오랜 시간이 걸렸다.

　이런 이야기가 어머니의 우울증 혹은 내 우울증과 무슨 관계가 있을까? 한때 학구적인 어린이였다가 이후 게으른 청소년이 된 나는, 하지만 어머니가 세상을 떠나고부터는 다양한 종류의 글을 읽고 쓰기 시작했다. 마치 그 글들이 우리 가족을 덮친 미지의 참담함으로부터 벗어나게 해줄 탈출로를 약속이라도 해줬다는 듯이. 그 후로 가끔 나는 어머니에게 정녕 무슨 일이 일어났던 것인지 가족 간의 대화조차 없었던 상황에 대해 이상하다거나 끔찍하다고 느꼈던 것 같다. 물론 어머니의 우울증에 대해서는 알고 있었다. 이렇게 사느니 차라리 죽는 게 낫다는 확신을 주기적으로 드러냈던 어머니의 절망적 표현들에는 익숙해져 있었다. (자살 충동을 느낄 정도로 우울해지는 법을 학습하는 일은 가능할까? 나는 죽음을 갈망하는 방법을 어머니에게 배웠던 것 같다.) 어머니가 정기적으로 정신과에 다닌다는 것도 알고 있었다. 동행한 적도 있었다. 어머니가 신경안정제인 바륨을, 그 시대의 수많은 여성이 복용했던 그 바륨을 항우울제와 함께 오랫동안 처방받았다는 것도 알고 있었다. 어머니가 약물 치료 때문에 치즈와 와인을 먹지 못했던 것이 기억난다. 그러나 내가 아주 어렸을 적 어머니가 전기 충격 치료를 받았었다는 사실은 당신이 세상을 떠난 후로도 오래도록 알지 못했다. 어렸을 때 나는 어머니의 병세와 병력에 대해 이것저것 짐작해 보곤 했지만, 부모님은 그런 내용을 철저히 숨기셨다. 아마 저 에피소드가 과거의 일이 된 뒤로도 어머니는 남편이나 형제들에게 그에 대해선 얘기하지 않았을 것이다. 하지만 그렇다 해도, 그때의 나는 우울증이 어떤 느낌인지 알고 있지 않았을까? 알았던 것 같다. 어머니의 우울증과 같이 심각한 수준은 아니었지만("내 머리는 곧 폭발할 거야."라고 어머니는 겁에 질린 우리들에게 말하곤 했다) 나 자신이 꽤 심하게 망가진 상태라는 것 정도는 알고 있었다. 이 세상은 어디론가 사라지고 머릿속에 흐릿한 참담함만이 남았다는 느낌, 나는 이미 죽었으니 내게 무슨 일이 벌어지고 있는지에도 관심 없는 세상에 가닿기엔 늦었다는 느낌이 며칠씩, 몇 주씩, 때로는 몇 달씩 이어지던 그때가 지금도 선명하게 기억난다.

그때 나는 글이라는 것에서(특히 바르트의 글에서, 그리고 다른 여러 작가들의 글에서) 무엇을 원했던 걸까? 글을 통해 10대 중반이라는 캄캄한 공간으로부터 벗어날 길을 찾고 싶은 마음도 있었지만, 세계가 언어로 재구성될 수 있음은 물론이고 애초에 언어로 구성돼 있음을 어떻게든 장담받고 싶은 마음도 있었다. 나의 모든 미적·지적 열정들은 미학적 초탈의 다른 이름들이었다. 10대 후반에는 흉한

현실로부터 그럴듯하게 벗어나게 해주는 다양한 역사적 사례들을 열심히 모았다. 오스카 와일드의 잠언은 그 전부터 좋아했었다. 가면과 가식의 심오함에 대한 그의 굳은 믿음이 좋았다. 위스망스의 보다 철두철미한 퇴폐주의를 발견하기도 했다. 그리고 대학에 가서는 자아를 가지고 예술 작품을 창조하라는 니체의 가르침을 배웠다. 대학교 1학년 때 자기 동일성이라는 주제로 한 친구와 진지하게 논쟁했던 일이 기억난다. 다른 이들이 나를 두고 만들어냈을 나에 대한 인상들을 '나'라고 여길 뿐 (그 친구와 나의 공통점인 '가톨릭 신자로 보낸 유년기'에서 비롯한 그 '소중한' 존재적 가치를 믿지 않는 것은 물론이고) 다른 어떤 자기 동일성도 믿지 않는 듯한 내 모습에 친구는 경악을 표했다. 유머 감각이 많이 부족한 반인본주의자였던 그때의 나는 순전히 그렇게 생각할 수밖에 없었다. 그러지 않으면 정신적·육체적 질병으로 망가진 결과물인 나 자신에 종속되어 버릴 것이라고 믿었다. 대학생이던 나는 책을 읽으며 몇몇 작가에 대한 나의 지극히 편협한 해석에서 비롯된 일종의 탐미주의적 도그마에 몰두했다. 롤랑 바르트는 당연히 그 목록에 있었고, 그다음으로는 자크 데리다와 미셸 푸코, 그리고 장 보드리야르의 잠언적이면서 댄디즘적인 포스트모더니즘이 있었다. 내가 문학에서 가장 좋아했던 것은 기교와 자기 반영성이었다. 메타픽션이

라면 어느 시대의 것이든 좋았고, 단어와 문장 차원에서
극단적 실험을 시도하는 작품이 좋았다.

　그저 현실 도피였다고 말한다면 너무 지나친 단순화가
될 것이다. 당시에 내가 단단한 진실을 드러내는 글을 경
시한 것은 아니었다. 간접적이고 애매모호한 표현이 진실
을 드러내는 최선의 방법일 때가 많다는 것도 알고 있었
다. 하지만 그때의 나는 글에서 가장 중요하게 생각해야
하는 것은 내 삶과 가장 무관한 것이라는 생각을 가지고
있었다. 문학에 대한 글을 쓰며 문학을 가르치고 싶다는
것 말고는 아무런 야심도 없는 사람의 생각이라기에는
확실히 이상한 생각이었다. 그때 내가 현실 속에서, 그리
고 글 속에서 탈출로라고 생각하고 따라갔던 모든 길이
실은 처음 시작했던 곳으로 되돌아오는 길이었다는 점은
이제 나에게 확실히 분명해진 것 같다.

혼잣말에 관하여

1964년, 수전 손택은 앤디 워홀의 영상물 시리즈인 〈스 크린 테스트〉 중 일곱 편에서 모델로 카메라 앞에 앉았 다. 이 시리즈는 앤디 워홀이 자신의 스튜디오 '팩토리'에 서 막 촬영을 시작한 약 4분 30초짜리 '움직이는 초상화' 작업이었다. 워홀이 '정물들stillies'이라고 부른 이 영상물은 총 472편이었고, 모델 목록에는 마르셀 뒤샹, 루 리드, 니 코, 에디 세즈윅, 데니스 호퍼, 밥 딜런 등이 있었다. 그 영 상들 중에서 실제 영화 촬영을 위한 스크린 테스트용 영 상은 거의 없었지만, '가장 아름다운 소년 13인'이라든가 '가장 아름다운 여성 13인'을 비롯해 워홀이 당시 계획 중 이던 영상 프로젝트의 맥락에서 모델들을 (그들의 유명함 여부와는 상관없이) 자세히 검토한 적은 두어 번 있었다. 손택과 세 번째 촬영을 마친 뒤 워홀은 '가장 아름다운 여성 13인'의 출연자로 그녀가 "괜찮은 인물인 것 같다"고 말했다고 한다.

첫 번째 초상에서, 유명인이 된 지 얼마 안 된, 당시 스물아홉 살이던 비평가가 엄숙하게 카메라를 마주 보고 있다. 납작하게 빗은 머리하며, 어느 모로 보나 꼿꼿한 젊은 학자다. 두 번째 초상에서 손택의 머리는 덥수룩하게 자란 검은 머리이고, 착용한 선글라스는 그녀가 자기 연출에 대해(아니면 자기 보호에 대해?) '팩토리' 스튜디오의 밀리외milieu[1] 안에서 다른 이들로부터 뭔가를 배웠음을 알려준다. 유달리 침착하고 냉정한 슈퍼스타라고 해도 믿을 법하다. 하지만 손택은 여기서 한발 더 나아간다. 세 번째 초상에서는 원숙한 자아상을 통해 생성된 익숙한 카리스마를 발산하며 카메라 쪽으로 몸을 기울인다. 유일하게 부족한 것이라고는 나중에 생길 희끗희끗한 은발뿐이다. 그러나 얼마 지나지 않아 이토록 완벽한 스크린 페르소나에도 균열이 생긴다. 캐릭터 유지에 실패한 손택은 쿨함을 잃고 어색하게 웃는 표정과 찡그리는 표정, 사팔눈 표정 등을 짓기 시작한다. 그녀의 프루아되르froideur[2]는 수

---

1 '환경'을 뜻하는 프랑스어. 흔히 소설의 배경이나 분위기 따위를 가리킨다.
2 '쿨함'을 뜻하는 프랑스어.

명이 짧았던 것이다. 결국에 손택은 자기가 어떤 모습이어야 하는지, 자기가 누구인지 알지 못한다.

워홀의 볼렉스 무비 카메라 앞에 앉아 있던 1964년의 손택은 대단히 놀랍고 시의적절한 에세이들로 갑작스레 첫 명성을 얻은 상황이었다. 그녀의 특이한 재능은 동시대 예술과 문학의 난해한 점들, 예컨대 각양각색으로 뾰족하거나 납작한 스타일들 혹은 엉뚱하다 싶을 만큼의 별난 주제들을 분별력 있는 산문으로 설명하고 옹호하는 데 있어 보였다. 당시는 문학 비평가나 문화 비평가가 본인의 전문 영역 너머에서 인지도를 확보하는 것이 아직 가능하던 시대였고(물론 그런 비평가들은 대개 남자였지만), 손택은 그런 비평가로서 놀랄 만한 명성을 확보한 상황이었다. 손택의 에세이 〈'캠프'에 관한 단상들〉은 《파르티잔 리뷰》가을 호에 실렸고, 《뉴욕 타임스》는 그 에세이의 주제와 저자를 당대의 반▪문화적 증상으로 다룬 참이었다. (《뉴욕 타임스》에서 새로운 '캠프 감수성'[3]의 주창자로 앤디 워홀을 지목했던 것은 부분적으로는 오판의 결과였다. 워홀은 그 정도로까지 독보적이진 않았으며 그때까지만 해도 손택은, 최소한 지면에서는, 워홀에 대해 판단을 유보하고 있었다.)

---

3 '캠프camp'는 손택이 〈'캠프'에 관한 단상들〉에서 보다 정교히 다듬은 개념으로, 세계를 윤리적·내용적이 아닌 미학적·스타일적인 현상으로 바라보는 일종의 관점 내지 감수성을 뜻한다. 키치라는 개념과도 교차점을 가진다.

1960년대에, 그리고 그 후 수십 년 동안 손택의 에세이를 읽은 독자들은 그녀가 자신의 테마들(신간 프랑스 소설, 잭 스미스나 존 케이지의 미국 아방가르드, 침묵의 미학과 재난에 대한 관심 등)을 다루며 보여준 그 정밀함이 실은 야심과 불안에 불타는 감정적·창의적 삶의 산물이라는 점을 알지 못했다. 수십 년간 외적으로나 저술상으로나 가장 두드러지는 영미권 비평가였지만, 그럼에도 손택은 비개인적인 작가였으며 그것은 동성애 문화나 암의 의미 등 본인의 삶과 연관된 소재를 다루는 경우에도 마찬가지였다(이런 경우에는 특히 더 비개인적이었다). 그러니 독자들은 그녀의 일기가 책으로 출간된 뒤에야 비로소 '수전 손택 되기'라는 프로젝트에 얼마나 많은 노력과 조바심이 들어갔는지 감지하기 시작했던 것이다. (손택이 세상을 떠나고 5년 뒤인 2009년에 그녀의 일기 시리즈 중 첫 권이 나왔다.)

"나는 이 일기장을 통해 재진술된 시간 속에서 재탄생한다." 이는 글 쓰는 자아를 포함한 모종의 자아를 정리·정의하고자 할 때 일기가 어떤 역할을 하는지 잘 알고 있는 청소년이 쓴 일기다. 청소년의 손택이 쓴 일기는 암중모색 중일 때도 있고, 야심만만할 때도 있으며, 거의 우스꽝스럽다시피 도를 넘을 때도 있다. (우리가 충분히 예상할 수 있는 성격, 지적인 영재의 동요하는 성격이라 할 만하다.) 열네 살 때의 일기에서 손택은 자신이 신을 믿지 않는, 개인의 자유를 믿으며 사회 보장 제도를 갖춘 중앙 집권 국가를 믿는 사람이라고 쓴다. 그리고 얼마 뒤에는 이렇게 쓴다. "다시 한번 앙드레 지드에 몰입 중. 참으로 명료하고 엄밀하다!" 일기 곳곳에서 손택은 그야말로 '투머치한' 문장들을 시도하며 현란해진다. "바다처럼 넓고도 계곡처럼 좁은 수로를 따라 흐르는 명석한 정신이라는 도구를 통해 제라드 홉킨스는 뒤틀린 고통과 환희의 이미지들을 언어화시켰다." 이는 뻣뻣하게 균형 잡힌 문장, 수식어를 과도하게 남발하는 문장, '언어화시켰다word-wrought'와 같은 모방적 표현에 의지하는 문장으로, 이처럼 허세를 부린다는 점, 비평에서 하나의 문장이 무엇을 할 수 있으며 어떤 느낌을 자아낼 수 있는지를 제한적이지만 진실하게 보여준다는 점에서 무척 사랑스럽기도 하다. 그러나 초기에 쓴 일기에는 본인에게 어떤 특징이 있는지, 그리고 작가가 되려면 그 특징을 어떻게 이용해야 하는지 차갑게 가늠해 보고자 하는 다급하고 의욕적인 어조도 있다. "나는 무자비함을 높이 평가하지만, 나 자신의 나약함을 오로지 경멸할 수만은 없다." 이와 같은 문제들을 미리 선택할 수 있는 문제로 보았다는 것, 글 쓰는 '나'가 성인이 되자마자 성공할 수 있으려면 이런 문제들을 성인이 되기 전인 지금 결정해 두어야 한다고 보았다는 것이 손택답다. 실제로 그녀는 그렇게 결정할 문제들을 스스로에게 상기시키는 일을 결코 멈추지 않을 것이었다. 워홀의 무비 카메라를 여러 차례 응시했던 해인 1964년에 손택은 이렇게 썼다. "목표: 자아 재출산. 그 목표를 위한 수단으로는, 미친 '프로젝트'. 과거를 탈피하여, 망명한 뒤, 자아를 유산流産하기."

손택이 말하는 자아는 대개 고뇌 중이었다. 그녀는 고통과 행복과 권태의 극한이 글쓰기의 가능성 자체와 밀접하게 연결되어 있다고 여겼다. 손택의 일기에는 바로 그 힘들게 애쓰던 성애적, 감정적 생활이 기록되어 있다. 그녀에게 성과 글쓰기는 거의 같은 시기에 당도했다. 열다섯 살에 쓴 일기를 보자. "나는 레즈비언 성향인 것 같다." 이듬해에는 한 여성과 첫 관계를 가졌고, 이렇게 썼다. "모든 것은 이제부터 시작이다." 이 어린 여성에게 성과 글쓰기 모두는 경제학과 수력학을 통속적인 대중 프로이트주의식으로 섞어낸 맥락에서 받아들여졌다. "감정생활은 복잡한 하수 체계다. 하루에 한 번씩 배설해야지, 안 그러면 막혀버린다." 이렇게도 썼다. "오르가슴을 초점으로 삼는다. 쓰기 위해 욕정을 품는다. […] 쓴다는 것은 자기 자신을 소모시킨다는 것, 자기 자신을 걸고 도박을 한다는 것이다." 손택의 일기 중 책으로 출간된 첫 권의 상당한 분량은 파리에 있는 'H'라는 여성과의 고통스러운 관계에 할애되어 있다. 손택은 이른 나이[4]에 결혼을 했고, 상대는 당시 대학 강사였던 필립 리프였는데, 그녀가 남편과 헤어질 결심을 한 것은 그 여성과의 관계가 진행될 때였다.

손택이 이 남편과의 사이에서 얻은 아들인 데이비드 리프가 바로 손택의 일기를 책으로 펴낸 편집자이고, 그의 말에 따르면 손택은 다른 작가들의 일기를 즐겨 읽었다고 한다. (가십이 많을수록 좋아했다고.) 손택 본인의 일기를 들여다보면, 불행했던 청소년기와 초기 성년기를 엿보게 해 주는 뜻밖의 귀여운 다짐들로 가득하다. 규칙적으로 목욕하자는 다짐, 옷을 입은 채로 잠자리에 들지 말자는 다짐을 계속해서 상기한다. 무엇보다 그녀가 그려보고자 하는 지식인적·작가적 생활에 더욱 어울릴 만한 다짐은 덜 매력적인 사람이 되자는 다짐, 덜 친절한 사람이 되자는 다짐이다. "그렇게 막 미소 짓지 말 것. 꼿꼿이 앉아 있을 것. […] 그리고 무엇보다도 내 혓바닥 뒤에서 끊임없이 출력되는 자동 테이프의 모든 문장들을 다 말하지 말 것."

다르게 말하면, 손택의 일기는 (수많은 작가들이 쓴 일기와 마찬가지로) 일어난 일들, 생각한 것들, 느낀 것들의 기록이라기보다는 그녀가 품었던 염원들의 목록이다. 작가 수전 손택의 잠재적 모습들을 미리 시험해 보는 곳이자 손택이라는 성공적 존재를 구성하게 될 요소들을 해부해

4   열일곱 살이었다.

보는 곳인 것이다. 엄밀히 말해 손택의 일기는, 그녀가 발표하길 원했던 에세이 부류의 관념적이면서 가공되지 않은 버전들이 담겨 있다는 점에서, 에세이적이라고 말하긴 어렵다. 그녀가 훗날 발표한 유명 에세이들의 초고 같은 것은 이 일기에 실려 있지도 않다. 대신에 손택의 일기에 담긴 에세이즘은 단상적 글쓰기에 대한 실험의 형식을 띤다. 이 일기에서는, 무엇보다도, 목록이 작성되고 있다. 그 중에서도 특히 단어의 목록은 가장 눈에 띄는, 아마도 가장 강렬한 목록이다. (작가들은 크게 둘로 나뉠 수 있을 것이다. 검색할 단어의 목록, 사용할 단어의 목록, 그냥 좋아하는 단어의 목록 등을 작성하는 작가와 그러지 않는 작가로. 어느 쪽이 낫다고 말하긴 어렵겠지만 나는 단연코 전자에 속하는 사람이라서, 내가 소유한 모든 노트에는 마지막 페이지에 단어 목록이 실려 있다.)

　　누군가는 단어 목록을 작성하는 습관이 젊은 작가 또는 작가 지망생에게서나 찾아볼 수 있는 것이라고 생각할지도 모르겠다. 어린 손택은 다소 빤한 젠체하는 단어들, 가령 '약체적effete' '작열적perfervid' '몽유병적noctambulous'과 같은 말들에 주목한다. 그리스어와 라틴어에서 유래한 단어들, 이를테면 '지악적sedulous' '만연체적prolix' '예변법prolepsis' 등에 끌리기도 한다. 손택의 단어 목록과 관련해 흥미로운 점은 그것이 평생 중단 없이 작성되었다는 데 있다. 손택은 중년을 한참 지나고 나서도 단어 무더기에 새로운 단어를 추가하는 면모를 보여주었는데, 글과 생각에 "두께"를 부여하기 위해서라는 것이 그녀의 표현이었다. 작성된 목록 중에는 아벨라르의 해양 생물학(특히 해파리), 분젠 남작의 저작, 옵기, 바뤼흐 스피노자의 철학과 같은 연구 주제들도 있다. 때로는 연구 주제로 시작되었던 목록이 더 유익하거나 좋아 보이는 단어들의 목록으로 바뀌기도 한다. 예컨대 손택은 수력학에서 차용한 용어를 가지고 본인의 어휘력을 향상시킬 수 있으리라고 말한다.

이토록 다양한 관심사를 가졌으며 다양한 예술을 열렬히 논하는 비평에 매진하는 비평가에게서 충분히 예상되듯, 손택은 읽을 책과 볼 영화의 목록을 만들기도 했다(작가란 모든 것에 대해 쓸 수 있어야 한다고 그녀는 일기에 썼다). 또한 적어도 손택 개인적으로는 대중문화에 대한 열정을 결코 내려놓지 않은 만큼 팝 음악의 목록을 만들기도 했다(더 수프림스는 그녀의 최애 그룹이었다). 아주 어린 나이였을 때는 동성애 은어의 목록을 만들기도 했다. 마치 그런 용어들이 모종의 특권적 영역에 입장하는 데 필요한 암호나 부적이기라도 하다는 듯이. 손택은 친구인 롤랑 바르트가 1975년에 《롤랑 바르트가 쓴 롤랑 바르트》라는 (일종의) 자서전에서 좋아하는 것과 싫어하는 것의 목록을 만든 것을 보고는, 똑같은 목록을 만들기도 했다. 좋

아하는 것: "베네치아, 테킬라, 노을, 아기, 무성 영화, 언덕, 굵은소금, 중절모, 대형 장모견." 싫어하는 것: "텔레비전, 베이크트 빈스 요리, 털 많은 남자, 페이퍼백, 서 있는 것, 카드 놀이, 지저분하거나 어질러진 집, 낮은 베개, 양지로 나가는 것, 에즈라 파운드…."

그리고 아래의 대목에서 손택은 일기 쓰는 습관 그 자체에 대해 성찰한다.

일기를 그저 사사롭고 비밀스런 생각들을 담는 그릇이라고, 듣지 못하고 말하지 못하며 읽지 못하는 친구라고 이해한다면 그것은 피상적 이해다. 일기에서는 다른 누구보다도 스스로에게 나 자신을 솔직히 표현할 수 있다고들 하지만, 아니다. 일기에서 나는, 나를 표현하는 것이 아니라 나를 창조한다.

손택이 일기에서 창조하는 것은 당연하게도 에세이스트다. 이 에세이스트가 손택 본인과 일치하지 않는 듯한 순간들은 많다. 소설 《O의 이야기》에 대한 글을 쓰던 중에는 일기장에 이렇게 고백하기도 한다. "나는 내가 하는 말을 한마디도 안 믿는다." 자기와 같은 이름의 저자가 실은 자신의 확장물 그 이상의 존재라는 듯이. 모종의 창작물, 나아가 날조물이기라도 하다는 듯이. 손택은 자신의 에세이가 다른 작가들의 재료로 만들어진 견본이라고 생각한다. 예를 들어 몇몇 글에서는 한나 아렌트의 "기품 있는 말투"를 쓰고 싶어 하고, 인터뷰에 응할 때는 로버트 로웰의 목소리를 내고 싶어 한다. 다음 대목에서처럼 손택은 (글 쓰는 순간을 제외하고는) 자기가 쓴 에세이들을 비개인적인 시각으로 바라본다. "글은 오브제다. 나는 글이 독자에게 체험을 제공하기를, 다만 가능한 한 여러 가지 방식으로 제공하기를 바란다. 내가 쓴 것들을 체험하는 단 하나의 올바른 방법 같은 건 없다."

손택은 자신의 글이 예술 작품이기를 바라고, 그저 잘 쓴 비평문이나 학술 논문이 아니기를 바란다. 그러나 온통 야심뿐인 그 일기는 점차 시간이 가면서 글쓰기에서의 불안감을, 그녀의 에세이들이 (가장 유명한 1960년대 에세이들을 포함해) 글의 힘 자체로 살아남지 못하리라는 점을 기록한다. 손택은 이 문제를 다음과 같이 진단한다. "문제: 내 글의 얄팍함. 빈약하며, 한 문장 한 문장 꾸역꾸역. 너무 구성적이고, 너무 논증적임." 이 산문 제작자는 다른 제작자들에게서 보이는 조화로움이, 그리고 아마도 사운드 혹은 스타일이라고 할 수 있을 일종의 고급스러움이 자신의 산문에는 없다고 느낀다. (만들어놓은 단어 목록을 제대로 써먹지 못해서였을까? 아니면 아예 다르게 만들었어야 했나?) 이 문제는 시간이 갈수록 심해지고, 급기야 1970년에는 손택의 일기에 이런 놀라운 말까지 등장한다. "글쓰기를 배울 생각이다. 아이디어를 이용해 생각하지 말 것. 단어를 이용해 생각할 것."

손택이 청소년기에 확인했던 본인의 성향은 다른 무엇보다도 스타일에 크게 영향받는다는 것이었다. 이런 성향이 "지극히 편협한" 습관이라고 그녀는 생각했다. '수전 손택'이라는 작가를 스스로 창조하기 위한 프로젝트의 한 방향은 문학에 대한 관심의 영역과 감상의 영역을 넓히는 것, 그리고 아이디어들을 가장 먼저 끌어오는 것이었다. 물론 손택은 스타일에 대해서도 자기만의 아이디어를 가지고 있었다. 에세이 〈스타일에 관하여〉에서 그녀는 스타일과 내용을 나누는 관습적 구분을 맹비난하면서, 스타일이란 예술 작품 또는 문학 작품이 역사적으로 어디에 위치하는지 알려주는 지표라고 단언한다. 하지만 스타일이라는 범주에 대해서는 의혹을 가지고 있기도 해서, 모종의 스타일적 자의식으로부터는 거리를 두기도 한다. (손택은 이러한 자의식을 가리켜 '스타일라이제이션stylization'이라고 부르는데, 내가 보기에는 너무 성급한 표현인 것도 같다.) 모종의 스타일 과잉, 스타일을 노린 스타일이라는 것이 있고 그런 스타일은 진정한 예술 작품과는 결코 어울리지 않는다는 것이 손택의 생각이다. 이런 식의 스타일 불신은 모종의 지적 태도이기도 하지만 그녀의 기질 내지

개성의 일면이기도 하다. 일기에서 손택은 비유적인 언어가 포착이 안 된다고 투덜거린다. "나는 종종 비유에 짜증을 느낀다. 내가 보기에 비유는 '미친' 표현 방식이다. 'x'가 'y'와 같다니, 대체 왜?" 여기서 '짜증을 느낀다'는 것은 적절한 말일까? 내가 보기에 손택은 비유를 거의 무서워하다시피 하는 것 같다. 왜일까? 포착되지 않는다는 것이, 논의의 의미를 벗어나고자 한다는 것이 무서울 수는 있지만 그러한 비유가 향하는 곳은 기껏해야 순전한 장식성인데 말이다. 어찌 됐든 손택은 즐거움과 과잉으로서의 은유, 이미지, 스타일이 자기 글에 없는 것들임을 알고 있고, '키치'나 '스타일라이제이션으로서의 캠프'가 본인에게 안겨주는 불안함보다는 자신의 메마른 산문이 안겨주는 지루함을 더 크게 받아들인다.

1970년대에 쓰인 손택의 일기는 그녀가 따라 하고 싶어 하는 스타일의 작가들, 혹은 그런 스타일을 수용했다고 솔직히 인정한 작가들을 질투하는 방백들로 가득하다. 손택에게 질투는 자기 글에서 자신의 정체가 발각되리라는 불안감과 불가분의 관계에 있는데, 롤랑 바르트는 (그리고 그가 《롤랑 바르트가 쓴 롤랑 바르트》와 《사랑의 단상》과 같은 책에서 보여주는 주관의 전환은) 그것의 가장 자명한 '본보기'다. 손택이 볼 때 바르트에 상응하는 영어권 작가는 윌리엄 개스와 엘리자베스 하드윅 같은 사람들이다. 이 두 작가에 대해 손택은 이렇게 쓰고 있다. "아이디어는 없는데, 음악성은 훌륭." (사실 이는 두 작가에게 상당히 부당한 평가다. 손택은 그 둘을 통해 구원받고 싶어 할 때조차 자신이 그들보다 더 똑똑한 작가가 아니라는 점을 절대 인정할 수 없었던 같다.) 일기에서 특히 엘리자베스 하드윅은 시적 작가에 근접한 작가의 표본으로 등장하는데, 손택이 자신에게 "독려"가 되는 작가들이 누가 있을까를 떠올리는 대목에서는 하드윅과 니체가 한데 묶이기도 한다. 하드윅은 불안정하고 기묘한 은유를 사용하는 작가로, 손택에게 단상을 써도 된다는 것, 충직한 논리 고리들을 생략해도 된다는 것을 알려주었다는 점에서 바르트나 니체와 같은 역할을 했다. "누군가는 '두 줄 쓰고 한 줄 지우는 식으로 쓴 글 같다'라는 말로 리지[5]의 산문을 비난condemn하려고 했다." 반면에 손택은 자신이 언제나 시학 대신 수사학을 선택해야 하는 형을 선고받았다condemned는 기분에 시달렸다.[6] 묘사라는 소극적 양식에 붙잡혀 있다는 기분에도 시달렸다. "프로젝트: 내 사진가로서의 (소리 없는) 눈을 시인의 눈으로 교체할 것."

---

5   엘리자베스 하드윅을 가리킨다.

6   'condemn'에 '비난한다'는 뜻과 '형을 선고한다'는 뜻이 있음을 이용한 말장난.

뛰어나지만 스스로에게 갇혀 답답해하는 이런 에세이스트가 자기의 시적 자아, 이미지적 자아를 해방시키고자 할 때 그것을 가능하게 해줄 형식, 그것을 가능하게 해줄 장르로는 무엇이 있을까? 한 가지 대답은 픽션이다. 손택의 소설가 이력은 비평가 이력에 거의 맞먹을 정도로 길었다. 1960년대에 두 권의 소설 《은인》과 《죽음의 장비》가 나왔고, 1977년에 단편집 《나, 그리고 그 밖의 것들》이 나왔다. 이 단편집에 실린 한 작품을 언급한 일기가 있는데, 이 일기를 보면 적대적인 서평들에 직면한 그녀가 비평가로부터 탈피해 진짜 작가로 거듭나기를 얼마나 간절히 원했는지 짐작할 수 있다. 〈안내 없는 여행〉이라는 그 단편은 자신보다 더 똑똑하고 더 웃긴 픽션 작가 도널드 바셀미를 흉내 낸 모작으로, 멋지지만 과도하게 진지한 얼굴을 하고 있는 작품이다. 모작이라는 것은 첫 문장 "나는 보기 좋은 것들을 보려고 여행을 떠났다."에서부터 명징하게 드러나는데, 그러나 손택의 일기를 보면 그녀의 놀라운 자아주의가 무표정하게 나타나 있다. "바셀미보다 내가 더 잘 썼다."

자신이 그토록 원했던 스타일적 해방이 바로 가까이에, 일기라는 형식으로 다가와 있었음을 그녀는 알아채지 못했던 것 같다. (어쩌면 떠올리지 못했던 것인지도.) 자신의 노트와 일기를 대할 때 손택은, 이 지면에서는 스스로에게 문제를 제시할 수만 있을 뿐 해결할 수는 없다는 식으로 대한다. 비유에 열을 올리면서(적어도 본인이 비유 사용법을 연습해 볼 수 있으리라는 것을 인정하면서), 그녀는 다음과 같이 쓴다. "비유 일기를 쓸 것. 하루에 한 편씩." 그리고 문장 곳곳에 구두점을 넣듯 일기 곳곳에 '스타일'이라는 단어를 넣고는, 그 단어에 동그라미 또는 네모를 두르기도 한다.

사실 손택이 원했던 장르는 그녀의 일기가 욕망을 고백하는 방식을 통해서 이미 마련돼 있었다. 불완전한 방식, 허세에 가까울 정도로 야심적인 방식을 통해서, 손택스스로 내가 되고 싶은 작가가 되기는 불가능할 것 같다고, 내가 살고 싶은 사람으로 살기는 불가능할 것 같다고 자신의 일기를 통해 고백함으로써 말이다. 손택의 일기에서도 욕망 그 자체와 작가적 욕망은 내내 제약 속에 있었던 만큼, 수십 년에 걸친 그녀의 다이어리즘diarism은 (생전에는 인정받지 못했지만) 손택 에세이즘의 한 형태다. 일기는, 물론 고통스럽긴 했지만, 그녀 자신이 가장 생산적으로 해체될 수 있는 지면이었다. 책으로 출간된 두 번째 일기에서도 손택은 여전히 연애 관계에서 비롯된 극적 상황과 불만에 시달리고 있다. 전前 약물 중독자이자 공작부인의 분위기를 물씬 풍겼던 카를로타 델 페초와 사귄 일과 관련해서는 다음과 같이 한탄하기도 한다. "엄청난 고통이 몇 번이고, 몇 번이고 다시 돌아온다."[7] 일기를 쓰고 목록과 단상, 잠언을 작성한다고 해서 고통의 접근을 막을 수 있는 건 아니겠지만, 자신이 이제 작가로서 예전 같지 않다고 느끼는 시기가 왔을 때 일기 쓰기는 내가 아직은 어떠한 종류의 작가구나 하는 안도감을 줄 수 있다. (수많은 작가들과 마찬가지로 손택도 아주 이른 시기부터 자기가 예전 같지 않다고 느끼고 있었다.) 1979년에도 손택은 여전히 스스로를 다그치고 있다. "매일 쓸 것. 뭐라도 쓸 것. 전부 빠짐없이 쓸 것. 늘 노트를 소지할 것."

손택이 일기에서, 그리고 일기를 활용하는 방식에서 가장 비슷해지는 사람은 앤디 워홀이라고 말하는 건 너무 간략한, 너무 간편한 일일까?[8] 손택과 워홀은 1960년대의 그 에너지와 생산성이 지나간 뒤로는 (1970년대와 1980년대에 그들의 밀리외가 확장되고 영향력이 커졌음에도) 두 사람 다 자기가 문화의 중심에 있다고 느끼지 못했다. (물론 워홀은 1987년에 일찌감치 세상을 떠났지만.) 당시의 침체돼 있다는 감각은 두 사람의 일기 작업, 손택이 노트에 썼던 일기와 워홀이 매일 녹음했던 구술에 비슷하게 스며들어 있다. 되고 싶었던 종류의 작가가 되는 데 성공한 손택은 다

---

7   에밀리 브론테의 《폭풍의 언덕》에 실린 "생각이란 우리에게 고통을 안겨주기 위해 몇 번이고 다시 돌아오는 독재자다."라는 문장의 변주.

8   앤디 워홀의 텍스트 프린트 중에서, "그러는 게 간편하니까."

른 종류의 작가가 되기를 원했고, 그것이 불가능하다는 것을 알게 되면서 서서히 우울하고 성마르게 바뀌었다. 1968년 피격 사건 이후의 워홀은 장소를 바꾼 '팩토리'에 틀어박혔고, 그때부터는 그의 '비즈니스 아트' 관리 시스템이 그를 보호했다. 손택과 워홀 두 사람 모두 자신의 불만을 털어놓는 곳이었던 일기가 본인들 후기 이력에서 최고의 작업으로 꼽힐 거라고는 생각지 못했던 것 같다. 다만 손택의 경우에는 때로 예외적인 대목들이 있다. 노트 필기나 필사라는 일상적 행위가 자기 동일성을 유지하는 한 방법임을 문득 감지하는 이런 대목이다. "나는 내가 혼자라는 것, 내가 이 일기의 유일한 독자라는 것을 알고 있다. 그걸 안다는 것은, 고통스럽다는 느낌이 아니라 오히려 내가 그만큼 더 강하다는 느낌, 여기에 뭔가를 써넣을 때마다 더 강해진다는 느낌이다."

논리에 관하여

영문학과 철학을 전공하던 마지막 학년 때, 주 1회짜리 논리학 수업이 매주 금요일 아침 아홉 시에 있었다. 나는 첫 시간에 갔다가 다시는 안 갔다. 담당 강사가 특히나 유독한 견해를 가진 우익 가톨릭교도라서 안 가는 거라고 나는 되뇌었지만(철학과는 우익 가톨릭교도가 아닌 사람이 없는 학과였잖은가?), 실은 아침 일곱 시에 맞춰 일어나기에는 도무지 의욕이 생기질 않아서였다. 심지어 나는 세 번째 학기에 학과가 외부 요청으로 부득이하게 개설한 논리학 보충 강좌들을 이수하는 데도 실패했다. 결국 과락이었고, 졸업을 하지 못해 영문학 석사 장학금을 놓쳤다. 나는 그런 부류였다. 내가 흥미를 느낄 수 있는 주제는 내가 이미 흥미를 느끼던 주제뿐이었다. 학업 성취도가 이상하리만치 들쑥날쑥한 학생들이 종종 그러듯, 애써 지어낸 경멸은 나의 선택적 신경 쇠약을 감추기 위한 어설픈 방법이었다.

그런 내가 다른 내가 된다는 건 불가능한 일이어서, 합리적이고 논리적인 주장을 펼치는 글을 체계적으로 써내지 못하는 것은 그때나 지금이나 마찬가지다. 그런 주장의 구성 요소들과 증명 과정을 나 스스로에게 설명하여 납득시키는 일(논리학의 과제였던 그 일) 또한 그렇다. 그 대신에 그때나 지금이나 나에게는 언어 자체가 있(었)고, 쓸 만한 스타일 레퍼토리가 있(었)다. 나는 귀찮음을 감당할 수 있을 때만큼은 꽤 좋은 학생이었는데, 그럴 수 있었던 대개의 이유는 내가 미리 고안해 놓은 학부 과제용 에세이 작성법이 있어서였다. 나는 모든 에세이에는 내가 '길잡이 은유'라고 (개인적으로 은밀하게) 명명한 그것이 저마다의 형태로 존재해야 한다고 생각했다. 주어진 문학 작품을 연구하고 해석한다는 것은 곧 그 작품을 설명해 내거나, 그러지 못한다면 (이미 나와 있는 비평 글과 내 글을 조금이나마 구별해 내기 위해서라도) 다시 설명해 낼 수 있는 은유를 찾아내는 문제라고 생각했다. 그렇게 그 은유를 찾아내고 나면(너무 쉽게 단번에 보일 때도 있었지만, 안 그럴 때가 나는 더 좋았다) 그때부턴 에세이가 그야말로 저절로 써졌다. 이미지가 펼쳐지고 가능성이 채워졌다.

내가 고안한 방식은(그것이 정말로 방식이었다면) 독창적이진 않았다. 바르트와 데리다에 대한, 그리고 그들과 밀접한 관련이 있는 미국 비평가 한두 명에 대한 나의 (미적 편향성을 드러내는) 독해를 엮어 만든 방식이었다. 그러나 나의 접근 방식은 그 당시(80년대 후반, 90년대 초반)의 기호학이나 구조주의, 탈구조주의나 해체론과는, 다시 말해 어느 정도 엄밀하게 적용돼야 하는 방법론이라고 간주되던 것들과는 거의 관계가 없었다. 나는 그런 쪽에 끌리기보다는 그 비평가들이 곁다리로 공유하던 모종의 성향에 더 끌렸다. 자기가 다루는 글 안에서 (또는 글이 아닌 인공적 오브제 안에서) 어떠한 힘이 작동 중이라고 주장하는 습관 같은 것에 말이다. 플라톤의 파르마콘pharmakon 개념(독이면서 약이라는 개념)을 말하는 데리다. 덴드리틱dendritic 논리(나무줄기dendrite처럼 펼쳐지는 논리)가 서구적 사고를 지배한다고 말하는 들뢰즈. 이런 작가들의 작업을 가장 열성적으로 지지하던 사람들은 그러한 개념이나 논리가 은유라는 것을 절대로 받아들이려고 하지 않았다. 데리다와 들뢰즈의 지지자들은 그 개념들이 생각이나 사물을 은유하는 것이 아니라 생각 또는 사물 그 자체에 어떤 식으로든 '내재한다'고 믿었다. 물론 나는 이들의 이야기가 투명한 난센스라고는 생각하지 않는다. 어찌 됐든 개념이라는 것에도 저마다의 존재성이 있기 마련이니까. 하지만 그때

나 지금이나 나는, 형이상학에 속하는 대부분의 개념들과 마찬가지로 그 역시 본질에서는 은유라고 생각한다. 이는 니체에 대한 나의 (매우 선택적인) 독해가 이끌어준 생각이기도 하다.

이에 관한 한 일화가 떠오른다. 학부를 끝내고 몇 년 뒤 대학원에서, 나는 동료 대학원생들을 상대로 들뢰즈의 '리좀(덴드리틱 질서와 위계질서에 반대되는 식물학적-형이상학적 무질서함)'에 관한 나의 의견을 피력하는 실수를 저지르고야 말았다. 그 의견이란 버지니아 울프의 픽션과 관련해서, 특히 울프의 소설 《등대로》에 등장하는 램지 씨와 램지 부인의 상반된 사고방식, 즉 직선에 전념하는 사람과 우회, 탈선, 틈새에 전념하는 사람 간의 서로 반대되는 사고방식에 대해 생각해 보고자 할 때 '리좀'이 근사한 은유가 되어준다는 것이었다. 대학원 친구들은 그런 내 얘기를 듣자마자 나의 단순한 생각과 조악한 이해력을 공격하기 시작했다. 리좀은 은유 따위가 아니라는 것이었다. 하지만 나는 리좀이 형이상학적 개념으로서 들뢰즈와 가타리의 600쪽이 넘는 《천 개의 고원》에서 추적의 대상이 되는 때보다는 하나의 은유가 되어 어떤 경쾌함을 가지고 전개될 때, 놀이하듯 끝까지 밀어붙여졌다가 마지막에 놓아질 때 훨씬 더 **흥미로운** 개념으로 보였다. 그때 당시의 나는, 비평을 하려면 (그리고 아마도 어떠한 글쓰기든

간에) 주어진 자료로부터 가장 생산적이거나 도발적인 은유를 세심하면서도 과감하게 찾아낼 줄 알아야 한다고 굳게 믿었다. 그리고 지금도 나는 글쓰기란 그런 것이라는 생각을 갖고 있으며, 이야기되는 세계의 이미지적인 잠재력을 모두 끌어내지 못하는 이야기는 그런 이유에서 미완성이라는 느낌을 받고는 한다.

그렇다고 해서 내가 글을 쓸 때마다 '길잡이 은유'를 발견하느냐 하면 그렇지는 않다. 닫혀 있던 사물을 열어주는 듯한 비유, 생각과 글쓰기가 잘 흘러가도록 해주는 듯한 비유를 내 앞의 오브제(글, 그림, 장소, 사람 등)가 항상 알려주지는 않는다. 그렇다면 나는 그저 무언가를 써낸 것이고, 그 글은 어쩌면 더할 나위 없이 유용한 글이거나, 유익한 글이거나, 그게 아니면 (이를테면 글의 구성이나 단어 선택의 차원에서) 독창적인 글일 수도 있다. 하지만 전체를 은밀하게 관장하는 그 요소는 찾아내지 못한 글이니, 그것은 결국 실패한 글일 것이다. (모든 것을 털어내고 끝을 봤다면, 그 실패는 작가의 눈에만 자명할 것이다.) 글을 쓰는 동안 글 안에 머무는 데 실패했다고나 할까. 글을 쓰는 동안 글 안에 머물기라는 이 요령이, 내게는 에세이의 정의 또는 에세이즘의 정의인 것도 같다.

연약함에 관하여

1991년 여름, 나는 파리에 일주일을 머물렀다. 방학 동안 그곳으로 일하러 간 대학 친구들을 만나기 위해서였다. 부모님은 돌아가신 상태였고(아버지는 그때로부터 1년 전 여름에, 어머니는 아버지보다 5년 먼저 세상을 떠났다), 나는 겉으로 보기에는 내 삶을 잘 꾸려가고 있었다. 학사 학위를 마쳤고, 졸업 성적 발표를 앞두고 있었으며, 운이 따른다면 영문학으로 대학원에 갈 예정이었다. (아버지의 생명 보험으로 생긴 돈이 그 계획을 실행할 수 있도록 해줄 것이었다.) 파리에 가 있던 일주일을 빼면, 내가 그 여름에 뭘 했는지는 정말로 전혀 기억나지 않는다. 일을 한 것도 아니었고, 간간이 저녁에 친구들을 만났지만 다들 출퇴근 하던 친구들이었으니, 그때 나는 아마도 청소년기의 습관으로 다시 돌아가 책과 음악, TV로 하루하루를 흘려보냈을 것이다. 당시 내가 집에서 읽었던 책 중에 지금 기억나는 것은 거트루드 스타인의 《어떻게 쓸 것인가》밖에 없다. 판형은 거의 정사각형에, 앞표지엔 조르주 브라크의 드로잉 작품이 실려 있었다. 무더운 어느 오후, 도심의 한 상점에서 할인가로 판매하던 낡은 책이었다. 오늘 그 책의 3분의 1 지점을 펼쳐 보았는데, 거기에 내가 밑줄을 쳐 놓은 구절들이 있었다.

> 문장에 대해 생각할 때면 그 문장이 아주 근사해진다. 감사하게도. 이것들은 조금씩 다르면서도 실은 전부 비슷비슷하다. […] 시행詩行 안에서 생각할 것. 문장 안에서 생각할 것. 합의 안에서 생각할 것. 버드나무 사이에서 생각할 것. 존중하는 마음으로 생각할 것. 더 멀리로부터 생각할 것. […] 문장은 갈라지지 않는다. […] 한 문장은 괜찮은데 여러 문장이 모여 문단이 되면 안 괜찮아진다.

파리에 있는 동안에는 《어떻게 쓸 것인가》를 읽었고, 마지막 날에 '셰익스피어 앤 컴퍼니' 서점을 둘러보다가 롤랑 바르트의 《밝은 방》(영어 번역본)을 샀을 때는 나 자신이 꽤나 똑똑하다고 착각하기도 했다. 돌아오는 비행기 안에서 《밝은 방》을 질주하듯 읽어나가면서는 그로부터 5-6년 전 바르트를 처음 읽었던 때와 같은 흥분에 휩싸였다. 이 책에도 나는 문장들에 밑줄을 그었고, 페이지의 여백에는 '프루스트?'와 같은 말들을 적었다. (그 당시에는 프루스트를 읽어본 적이 없었는데도.) 하지만 이 책을 읽으면서 내가 느낀 이론적 전율은 어떤 다른 느낌의 무언가, 새로운 무언가로 인한 것이었다. 그때까지 내가 읽은 지성의 영웅들, 에세이의 영웅들이 쓴 글 중에서 다른 누구도 아닌 내 삶, 내 상실과 어떤 식으로든 연결 지어본 글은 그 글이 처음이었다. 비행기가 더블린에 착륙하는 동안에도, 그리고 그 후로 며칠 더, 《밝은 방》의 문장들을 읽고 또 읽었다. 나는 양쪽으로 끌렸다. 한쪽에는 사진에 대한 바르트의 이론들(사실은 이론이 아닌 것들)에 대한 순수한 지적 관심(이라고 가정된 관심)이 있었고, 다른 한쪽에는 애도가 있었다(알고 보면 이 책은 오로지 애도만을 다루는 책이다). 《밝은 방》은 내게 있어 너무나 당연하고 익숙한 기준점과도 같은 책이어서, 다시는 읽을 일이 없다거나 읽지 않은 것처럼 할 수 있다면 좋겠다는 생각이 들 정도다. 하지만 누가 나에게 이 책이 어떤 책이냐고 묻는다면 결국엔 나를 만든 책이라고 대답해야 할 것 같다. 이 책이 아니었다면 지금의 나는 '기타 등등'의 모습을 하고 있었을 테니. (조르주 페렉은 글을 이런 식으로 끝내지 말라고 하겠지만,[1] 일단은 이렇게 마무리해 본다.)

출간된 지 30년 만에 사진학 분야에서 정전급 지위를 확보했다는 점을 보면, 《밝은 방》은 분명 이상한 책이다. 이 책의 명성에도 불구하고 그 영향력이 어떤 성격의 것인지는 여전히 모호하다. 《밝은 방》을 읽으면 정확히 무엇을 배우게 되는가? 바르트가 일반론을 꺼린다는 것은 확실하다. 그는 촬영 테크닉에는 아무 관심이 없고, 사진이 갖는 예술로서의 지위를 둘러싼 논쟁에도 관심이 없다. 사진이 동시대 매체나 문화에서 수행하는 역할에 대해서도 실은 전혀 관심이 없어서, 그런 것들은 피에르 부르디외 같은 사회학자들에게 맡긴다. 촬영에서 기발함이 발휘되는 것을 끔찍이 싫어하기도 하고(다만 앙리 카르티에 브레송의 작품 대다수에 대해서는 괜찮다고 생각할 것 같다), 하나같이 덧칠한 사진 같다면서 컬러 사진을 폄하하기도 하며(윌리엄 이글스턴이 인기를 끌던 때의 사진들을 폄하하는 정도도 결코 덜하지 않다), 포스트모더니즘 예술가들과 비평가들이 이미지란 퍼포먼스 아니면 속임수라고 선언하던 바로 그때에는 스스로를 리얼리스트라고 부르기도 한다. 그리고 바르트는 여기서 한발 더 나아가, 다음과 같은 잠언적 도발을 감행하기까지 한다. "한 장의 사진을 제대로 보려면 고개를 돌리거나 눈을 감는 편이 낫다."

---

1   이 책 《에세이즘》에 수록된 〈목록에 관하여〉의 마지막 부분을 참고.

《롤랑 바르트가 쓴 롤랑 바르트》가 출간되고 2년 뒤에는 욕망의 불안한 구조를 분석한 《사랑의 단상》까지 출간되었으니,[2] 바르트의 사유와 저술에는 이미 주관의 전환이 나타나 있었다. 그러나 《밝은 방》에는 다른 점이 있었다. 기호학의 방법론을 내밀한 경험에 적용하는 학자적 작업보다는 연구나 비평이 담지 못하는 경험 양상을 좇는 방랑자적 여정에 가깝다는 점이 그것이었다. 간단히 말해 《밝은 방》은 사랑과 애도를 다루는 책이다. 1977년에 겪은 모친의 죽음은 이 책이 나오는 직접적 계기가 되었고, 그때부터 바르트가 쓰기 시작한 '애도 일기'는 이 책의 초석이 되었다. 바르트는 일종의 유령 이야기와 같은 글을 써나갔고, 그의 어머니인 앙리에트 바르트나 이 책의 표면적 주제인 사진 또한 손에 잡히듯 선명하게 그려지진 않았다.

롤랑 바르트는 사진을 들여다보며 무엇을 찾고 있었을까? 책의 전반부에서 그는 이미지의 두 차원을 상세하게 구분한다. 그가 스투디움studium이라고 부르는 첫 번째 차원은 사진이 드러내 보이는 소재와 의미와 맥락 전부, 다시 말해 '역사'와 '문화'에 속하는, 나아가 '예술'에 속하는

---

2   《롤랑 바르트가 쓴 롤랑 바르트》는 1975년, 《사랑의 단상》은 1977년에 출간되었다.

모든 것이다. 그는 이렇게 쓴다. "스투디움은 배움(지식과 예의)의 일종이다." 사진에서 뭔가에 대해 배울 때, 예컨대 윌리엄 클라인의 1959년 거리 사진에서 모스크바에 대해 배우거나 제임스 밴 더 지의 1926년 사진에서 잘 차려입은 아프리카계 미국인 가족의 행동거지에 대해 배울 때, 우리는 이 차원에 있다. 하지만 바르트의 감수성을 말 그대로 찔러버리는 것은 두 번째 차원이다. 한 장의 사진에서 한갓 의미나 미美의 차원으로 내려가지 않으면서 우리의 시선을 붙잡는 이 차원(대개의 경우 하나의 디테일이 되는)을 그는 푼크툼punctum이라고 부른다.[3] 밴 더 지의 그 사진에서 푼크툼은 일단 한 여자의 끈 달린 구두라고 볼 수 있는데, 나중에는 이미지가 저자의 마음속에서 '움직임에 따라' 푼크툼은 그 여자의 금 목걸이로 바뀌게 된다. 사실 이 대목은 바르트가 이 책에서 눈앞의 이미지를 대놓고 오독하는 몇몇 특이한 구절 중 하나로, 그 여자의 목걸이는 실은 진주 목걸이다. 다만 그 사진 속의 가슴 아픈 디테일이 마음속에 지울 수 없는 감정을 불러일으켰다는 그의 요점은 그대로 남아 있다.[4]

---

3 라틴어 'studium'은 'study(배움)'와 어원이 같고, 라틴어 'punctum'은 'puncture(찔림)'와 어원이 같다.

4 '아픈poignant'과 '요점point'이 어원적으로 라틴어 'punctum'과 연결된다는 점을 이용한 말장난.

바르트가 자신의 책을 울림 있게 만들어준 '애도 탐구'
를 시작할 수 있었던 것도, 그처럼 상처받은 연약한 마음
으로(학계에서는 이런 표현을 추하다고 여기겠지만) 주관을
받아들였기 때문이었다. 어머니와 거의 평생을 함께 살았
던 그는 모친을 잃은 뒤 옛날 사진들 사이에서 어머니를
찾아 헤맨다. 하지만 그가 거듭 찾아내는 사진은, 객관적
으로는 어머니처럼 보이더라도 사실상 어머니의 얼굴이
아니다. 그렇게 사진들 사이를 헤매던 그는 결국 한 장의
사진 속에서 어머니의 진실한 초상, 곧 자신이 기억하는
모친의 '분위기'를 발견한다. 다섯 살의 앙리에트 바르트
가 1898년에 어느 겨울 정원에서 찍힌 사진이다. (이 발견
을 언급하는 날의 일기에서 바르트는 다만 이렇게 적는다. "나
울어요 Je pleure.") 내러티브라는 측면에서 보면 눈부심을 안
겨주는 장면이다. 프루스트의 마들렌 장면(마들렌이 찻물
에 닿을 때 기억들이 쏟아져 나오는), 아니면 〈시민 케인〉의
스노볼 장면(광분한 케인이 자기가 떠나온 모든 것을 상징하
는 스노볼을 처음 손에 쥐는)에 비견될 만한. 하지만 바르트
는 기질적으로 조심스러운 내레이터인 만큼, 우리에게는
사진을 보여주지 않는다. "나를 위해 존재하는 사진일 뿐
이다. 당신에게는 별 볼 일 없는 사진 한 장에 불과할 터."
   《밝은 방》은 짧은 책이지만, 이 겨울 정원 사진과 함께
처음부터 다시 시작된다. 이제 푼크툼은 시간 그 자체가

되고, 갑작스레 모든 사진은 바르트에게 영정 사진이 된다. '삶 속의 죽음death-in-life'이 유령의 모습을 하고 불려 나오는 일, 그것이 바로 사진이라는 매체의 본질이라는 것이다. 알렉산더 가드너가 찍은 죄수 루이스 페인(1865년에 미 국무장관 W. H. 수어드에 대한 살인 미수죄로 사형을 선고받은 인물)의 초상을 오래 응시하면서도, 바르트는 그저 이 무서운 시간의 패러독스를 목격할 뿐이다. "그는 죽었는데, 또 죽음을 앞두고 있다." 이렇게 그의 책에서 불길한 예감의 전조가 느껴지기 시작할 때, 바르트는 자신이 모아둔 음울한 초상肖像들에 둘러싸여 있다. 머잖아 닥쳐올 자신의 "총체적, 비변증법적 죽음"을 상상하면서.

롤랑 바르트가 철저한 기호학자라고 교육받은 학생들은 그의 이 마지막 책에 담긴 음울한 전환을 어떻게 받아들일까. 문화 이론서보다 에드거 앨런 포의 생생한 단편 소설에 더 가까운 이 책을 읽으면서 말이다. 《밝은 방》이 남긴 중요한 유산이 있다면, 그 첫 번째는 사진이 '무엇인가의' 사진이어야 한다는 주장일 것이다. (이는 자명한 주장인 듯 보이지만 꼭 그렇지도 않다.) 또한 이 책이 가진 더욱 강력한 영향력은 명백하게도 사진과 죽음, 이 둘과 관련이 있다. 예컨대 사진이 예로부터 고인을 추모하는 데 사용되어 왔다는 것(빅토리아 시대의 사후 사진이라든가 9·11 이후의 수많은 추모 사진이 떠오른다), 그리고 피사체가 아무리 생생하고 살아 있다 해도 사진을 보며 현기증을 느낄 수 있다는 것 등이 모두 그러한 맥락에 있다. 그러나 바르트의 상속자들이 그의 짧은 '기록' 속에 스며 있는, 모색하고 감응하는 그 기묘한 분위기를 재현하거나 확실하게 설명해 낸 경우는 거의 없다. 미술 비평가 마틴 허버트가 언젠가 내게 말해준 다음과 같은 이야기처럼 말이다. "나는 이 책에서 '사진에 대한 아이디어'를 물색하려는 것이 아닙니다. 내가 이 책을 읽는 이유는 특정한 종류의 연약함을 느껴보기 위해서예요." 지금 나에게 《밝은 방》은 바로 그 연약함 때문에 소중하다. 바르트의 다른 글들, 그리고 내가 존경하는, 아니 사랑하는 에세이스트들의 글 대부분에서, 아니 모든 글들에서 나에게 소중한 것은 그 연약함이다.

위안에 관하여

언젠가는 나도 어머니와 마찬가지로 우울증 진단을 받
게 되리라는 것을 늘 알고 있었다. 어쩔 수 없다고, 어른
이 되면 환자가 되는 것이 우리 집의 관행이라고 생각했
다. 그때가 얼마 남지 않았다고 느꼈을 때 최대한 외면하
려 했던 것도, 그렇게 되리라는 확신 때문이었다. 처참한
무기력증이 주기적으로 길게 지속되었는데도, 내가 지금
신체적으로 위독한 병(아마도 어머니와 같은 병)을 앓고 있
다는 심기증 환자로서의 공포감이 1년에 한두 번씩 덮쳐
왔는데도, 갑자기 한참씩 혼자 틀어박히거나 인간관계가
어이없어지고 괴로워졌는데도, 나는 그러한 사실을 어느
것 하나 인정하려고 하지 않았다. 힘겹게 굴러가던 개인
생활과 학업이 20대 중반에 결국 멈춰 서버렸는데도. 어

떠한 글도 쓰지 않았고 거의 읽지도 않았다. 나의 인격이라는, 그리고 공상에 가까운 내 '진로'라는 허술한 기구는 계획과 가망이라는 연료 없이도 돌고 있었다. 이 상황을 나는 알고 있었지만, 이상하게도 무덤덤했다. 내가 더블린을 완전히 떠나기 얼마 전, 친한 친구 둘이 밤에 나를 앉혀놓고 나더러 음울하고 공격적인 성격의 엉망진창이라고 말했을 때조차 그랬다. 나는 이곳을 떠나기만 하면 스스로를 만회할 수 있을 것이라고, 다시 글쓰기를 시작할 수 있을 것이라고, 되고자 했던 사람이 될 수 있을 것이라고 생각했다. 그 무렵 나는 학계 내에서의 방식과 기회만으로는 부족하다는 얘기를 하기 시작했다. 나와 같은 사람들이 더 많은 재량을 발휘할 어떤 다른 방식이 있어야 한다는 생각에 '에세이'라는 단어를 쓰기까지 했다. 박사 학위를 위해 파보기로 했던 책을 읽는 대신에 컴퓨터 잡지를 읽는 습관이 생긴 것도 집중력이 너무 떨어지고 동기 부여가 전혀 안 되던 그즈음이었다. 머릿속은 그저 멍청한 정보들로 어떻게든 진정돼 있었다. 내가 이미 어머니를 닮아가고 있다는 사실은 아직 모르고 있었다.

1997년 여름, 자정이 넘어 침대에 쓰러졌다가 새벽 네 시쯤 가슴이 철렁하면서 잠을 깨는 날들이 이어졌다. 새벽 각성이라는 우울증 환자의 흔한 증상이 생긴 것은 그때가 처음이었다. 전문가를 찾아가 우울증 환자가 할 법한 얘기를 꺼내면 가장 먼저 받는 질문 중 하나가 바로 이 증상이 있느냐는 것이다. 내게 그 순간이 오기까지는 몇 주가 남아 있었고, 아직은 그런 말을 들을 엄두가 나지 않았다. 술기운을 빌려 더 오래 잘 수도 없었고 잠이 들었다가 침대에서 튕겨 오르듯이 눈이 확 떠지면 몇 분밖에 못 잔 것 같은 기분이었지만, 그렇게 달음박질치는 내 머릿속을 일단은 음악을 듣는 것과 음악에 대한 글을 읽는 것으로 가라앉히려고 했다. (그렇게 잠들지 못하는 밤에는 자살 사고가 점점 심화되었다.) 침대에 누워 빅 스타와 브라이언 이노, 레너드 코언을 들었다. 그리고 분노에 차 있고 안개 속에 갇혀 있으며 겁에 질린 나의 뇌가 따라갈 수 있을 것 같아 보이는 유일한 책을 읽었다. 미국의 록 음악 비평가 고故 레스터 뱅스의 평론집 《정신 이상 반응과 대마초 찌꺼기》라는 책이었다. 몇 해 전에 사서 갖고 있던 책이었고, 대부분 여러 번 읽은 글이었다. 〈제임스 테일러에게 죽음의 표식을〉과 (루 리드에 관한 이야기인) 〈유명한 죽음의 난쟁이들을 칭송하자〉, 〈이기 팝: 결박당한 용접 토치〉 등이 수록돼 있었다. 그 책이 어째서 밤이면 밤마다 나에게 그토록 위안이 되었을까 하면, 아마도 친숙하다는 점 그리고 레스터 뱅스의 산문에 속어와 광적 흥분, 감상주의의 에너지가 담겨 있다는 점도 그 이유였던 것 같다. (그와 같은 작가가 되기를 바랐던 10대 시절을 이 책이 떠올려주었다는 것 또한.) 물론 여전히 한 페이지를 읽는 데만도 상당한 시간이 걸렸는데, 그러다가 결국에는 새벽을 훌쩍 지나 잠에 들었다. 최악일 때에는 아침 여덟 시쯤에야 잠들었다가 오후 세 시에 침대에서 겨우 빠져나오곤 했다.

늦여름, 결국 내 발로 대학 내 진료소를 찾아갔다. 일도 없었고, 돈도 없었으며, 뼈만 앙상했고, 얼굴은 두 가지 이상의 의미에서 말 그대로 회색이었다.[1] 우울증 진단을 받았다. 내 기억으로는 '중등도의 우울증'이었는데, 그것은 환자가 최근 몇 주간 몇 차례에 걸쳐 스탠리 커터 칼로 작은 모험을 감행했으며 그 증거로 몇 개의 희미한 흉터를 얻기는 했지만 실제로 자살할 위험은 없다는 뜻이었다. 또한 나는 긴장성 환자로도 분류되지 않았는데, 이는 본인의 인생이 어쩌다 이렇게 됐는지에 대한 일관성 있는 이야기까지는 아니더라도 자신의 증상에 대한 충분한 설명을 제대로 제공할 수 있는 환자라는 의미였다. 이 주제에 관한 책이 뭐가 있을까 하다가, 딱 한 권이 생각났다. 진료소를 나와 멍한 정신으로 도서관에 가서 그 책을 읽었다. 《보이는 어둠》이라는, 소설가 윌리엄 스타이런이 자신의 우울증에 대해 짤막하게 기술한 책이었다. 스타이런이

---

1 '얼굴이 회색gray-faced'이라는 말에는 피부가 회색이라는 뜻과 함께 얼굴이 슬픔이나 피로 등으로 인해 초췌해졌다는 뜻이 있다.

우울증에 딸려 오는 아찔한 단절감을 묘사하는 대목에서 강한 기시감을 느꼈다는 점을 빼면, 그 책에서 기억나는 것은 거의 없다. 유리로 된 벽에 갇힌 느낌을 받았던 것도, 실비아 플라스의 그 유명한 '유리 덮개[bell jar]'가 전혀 은유가 아님을 깨달았던 것도 그즈음이었다. 그 정도로 숨 막히는 추상성에 갇힌 채, 나는 세계라는 밖을 내다보고 있었다. 신체적으로나 심리적으로나 홀로 떠다니는 느낌, 단절되었다는 느낌에 시달린 지 몇 주째였다. 차도를 건너는 데 어려움을 겪을 정도였다.[2] 그럴 때면 나는 아주 늙은 사람처럼, 혹은 어디가 아픈 사람처럼 보도 모서리에 서 있었다. 죽는 것은 무서웠고, 살아갈 자신은 없었다.

우울증은 오랫동안 내게 가장 큰 두려움의 대상이었기에(그것보다 나를 더 두렵게 만든 것은 어머니의 사인[死因]이 된 신체 질환뿐이었다), 우울증이 나를 확실하게 찾아왔을 때 내가 그것을 나의 선천적 권리인 양 받아들인 것도 놀랄 일은 아니었다. 내 인생이 왜 이 지경이 되었는지에 대한, 내가 왜 남들의 인생을 그렇게 망가뜨렸는지에 대한, 나의 학업 계획이 왜 전혀 실행되고 있지 않은지에 대한 설명이 바로 여기에 있었다. 나의 새 질환의 일상적 현실은 매우 소모적이었고, 재미없을 만큼 예상대로였다. 몇 달

---

2   도로 횡단 공포증.

간의 불면과 무기력에서 비롯된 신체 쇠약(스물여덟 살짜리가 가파른 언덕길 때문에 학교에 가기 힘들어했다), 가난의 내리막길(초콜릿 바로 저녁을 때웠고, 성난 집주인이 찾아오면 집에 아무도 없는 척을 했다), 그리고 내가 결딴낸 인간관계들이 있었다. 꾸준히 복용해야 하는 약들도 있었다. 나는 프로작이 실제로(그 당시에 크게 광고했던 내용만큼) 효과가 있는가 하는 문제에 너무 예민했고, 프로작의 주요 부작용 중 하나인 피로는 나를 날마다 녹초로 만들었다. 하지만 우울증이라는 진단 그 자체는 모종의 변화를 불러온 듯했다. 그 변화가 회복에의 전망 그리고 (회복된다고 가정할 경우) 회복까지의 과정과 직결되는 것은 아니었지만, 어찌 됐든 난생처음으로 나는 나 자신이 우울증 환자라고 생각할 수 있었고 그러한 생각에 수반되는 모든 것을 (충격 혹은 안심 못지않게 어떤 신비한 유행을 따르고 있다는 기분까지) 느낄 수 있었다. 시대적으로 그 당시는, 이른바 항우울제 세대라는 새로운 세대를 향한 약삭빠른 마케팅 덕분에 사람들이 '화학적 불균형'에 대해 대화를 나누고 세로토닌을 마치 아주 오랫동안 알아온 단어처럼 언급하던 시대였다. 다만 그처럼 우울증이 보편적으로 거론되는 주제였다면 그 질환의 생화학적 성격만큼이나 다분히 문화적인 성격 또한 모두의 주의를 끌었어야 했건만, 실제로는 그러지 못했다.

나는 갑작스레 우울증에 관심을 갖게 되었고, 영문학으로 박사 논문을 준비 중이던 나에게 그것은 곧 내가 우울증을 다룬 문헌에 관심을 갖게 되었다는 뜻이었다. 《불안한 마음》이라는 회고록에서 본인의 조울증 병력을 상세하게 열거한 케이 레드필드 제이미슨이라는 미국 임상 심리학자를 읽기 시작했다. 그다음 책은 줄리아 크리스테바의 《검은 태양》이었다. 이 책에서 크리스테바는 우울증에 관한, 그리고 없거나 죽은 어머니들에 관한(내 관심을 끌 수밖에 없는) 이론을 세우고, 도스토옙스키와 마르그리트 뒤라스의 소설들, 한스 홀바인이 그린 〈무덤 속 그리스도의 시체〉 등 몇몇 미술 및 문학 작품의 핵심에 자리한 우울 기질에 대해 탁월한 글을 써낸다. 우울 기질의 역사는 내게 강한 흥미를 불러일으켰고, 나는 알브레히트 뒤러의 〈멜랑콜리아 I〉 복제화를 침실 벽에다 핀으로 꽂았다. (머리맡에 이런 부적을 붙여놓아야 할 정도라니, 내게 제2의 사춘기 같은 것이 찾아왔나 보다, 하고 생각했던 게 기억난다.) 이탈리아의 철학자 조르조 아감벤이 쓴 에세이들도 다시 읽었다. 중세의 수도사들, 특히 필사본을 쓰거나 베끼는 일을 담당한 수도사들이 시달렸던, 무기력과 절망이라는 '한낮의 악령들'에 관한 에세이들이었다. 로버트 버튼의 《우울증의 해부》를 읽을까도 싶었지만 내 능력이 감당할 수 있을지 의문이었고, 책 제목은 가히 최고더라도 전부 소화

시키지 못할 그 책을 굳이 읽을 필요는 없다는 시오랑의
논평에서 위안을 찾았다.

(시오랑이 틀렸다는 것은 그로부터 몇 년 뒤에야 알게 되었
다.《우울증의 해부》는 놀라운 학식과 기세와 창의성을 지닌 작
품이다. 이 책은 거인 가르강튀아처럼 거대한 별종이고, 유창한
화술을 소유한 괴물이다. 로버트 버튼은 우울을 가리켜 '영혼의
녹병'이라고 했다. 영적 쇠잔과 그 현현으로서의 신체적 쇠잔이
라는 이중고를 간결하게 포착한 표현이다. 우울증, 즉 멜랑콜리
아melancholia는 단순한 정신 이상이나 '기분 장애' 같은 것이 아니
다. 흑담즙melancholio의 과다 분비로 생긴다고 추정되어 그 이름
으로 불리기 시작한 이 질병은, 신체에 각종 불쾌감들의 고약한
연쇄를 불러일으킨다.《우울증의 해부》라는 소름 끼치는 실험
실에서 인간의 형태는 구멍이 숭숭 뚫리거나 짓무르는 등의 섬
뜩한 손상으로 독자를 뒤숭숭하게 한다. 우울증은 탄생 별자리
에 따른 우연의 결과일 수도 있고, 혹서나 혹한의 결과일 수도
있으며, 알코올로 인한 뇌 손상이나 복부 냉증의 결과일 수도
있다. 불안하고 예민한 육신이라는 로버트 버튼의 세계에서는,
부모에게 우울 기질이 있거나 심장에 열이 많거나 머리 크기가
작은 사람이라면 우울증을 겪을 운명이다.《우울증의 해부》가
금세 방법론적 곤란에 부딪히는 것도, 우울의 원인이 이렇게 여
러 가지이고 우울의 영토가 이토록 광활하기 때문이다. 이 책에
서 세계는 '우둔의 학원'이요, '혼미의 학교'다. 우울은 점점 퍼져

나간다. 버튼이 손대는 곳마다 우울이 녹병처럼 피어난다.

이 책에서 로버트 버튼의 스타일은 문제적인 동시에 대단히 성공적이다. 《우울증의 해부》는 센토cento 장르에 속하는데, 센토란 주로 다른 작가들의 작품에 대한 직접 인용, 간접 인용, 주석 들로 이루어진 작품을 뜻한다. 자신의 경이적인 학식을 이용해 버튼은 우울증에 대해 해볼 수 있는 모든 말을 하는 데서 나아가, 모든 것에 대해 해볼 수 있는 모든 말을 하고자 하는 책을 만들었다. 버튼은 이 책을 가리켜 "여러 곳의 똥 무더기, 여러 저자의 배설물, 어지럽게 널브러진 장난과 겉멋 따위로부터 거두어들인 누더기들의 광시곡"이라고 했다. "아주 긴 책은 아주 큰 해악"이라는 것을 알면서도 그는 추측 위에 사실을 쌓아 올리고 이론 위에 일화를 쌓아 올린다. 나선을 그리며 쌓여 올라가는 모든 문장은 금방이라도 허물어질 것 같고, 그러다 허물어지면 그 문장은 그의 즐거운joyous 조이스풍Joycean 목록 중 하나가 된다. 우울증을 유발한다고 여겨지는 음식들을 묘사해 나가던 그는, 자신이 식생활 문헌의 역사를 훑는 과정에서 세상에 알려진 모든 고기와 과일, 채소를 언급하였다고 생각한다. 독신 학자의 입장에서 부부 생활의 쾌락들에 관해 사색하면서는, 끝나지 않는 키스에 대한 환상에 빠져들고 여성을 매력적으로 만드는 모든 치장물을 나열하더니 갑자기 관점을 바꿔 "못생긴 얼굴로 변모한 사람, 괴물과 다를 바 없는 사람, 부족하고 멍청한 사람"과 결혼할 수도 있다는 우울한 가능성을 돌아본다. 로버트 버튼이 평생을 성직자로 살았으며 모든 걸 전적으로 상상에 기댔다는 점을 감안하면, 에로스에 관한 그의 전반적 지식은 한결 귀엽게 느껴지기도 한다.)

　내 우울증을 이해하기 위해 내가 기울인 노력들. 보면 알겠지만, 이런 노력에는 허세도 약간 섞여 있었다. 내 진단명이 내 자긍심이었다고 할까. 늘 스스로 깊이가 없다고 느끼던 나는 우울증 진단을 받은 뒤로 (모든 반대 증거들을 무시한 채) 내 안에 깊이가 생겼다고, 혹은 내 안에 있던 깊이를 확인받았다고 상상했다. 물론 터무니없는 생각이었지만, 그렇게 생각하다 보니 어쩌면 나도 글을 쓸 수 있을지 모른다는 생각까지 처음으로 해보게 되었다. 나도 제대로 된 글을 쓸 수 있을지 몰라. '나'라고 말해도 돼. '나'라고 말하면 시작부터 치부를 드러내는 것 같지만, 꼭 그런 것만은 아닐 거야. '나'는 이렇게 철저히 허물어진 상태니까. 이런 '나'가 하는 말은 그저 유령의 말 같은 느낌, 무슨 특수 효과 같은 느낌일 테니까. 이 같은 생각을 하게 된 것이다. 하지만 그런 '나'의 말이 어떠한 맥락을 가질 수 있을지 그때의 나는 아직 모르고 있었다.
　지금의 나에겐 그토록 낯설어 보이는 그 당시의 생각들 가운데 일부는 굉장히 음울한 시오랑의 글을 통해 배운 것들이었다. 내가 그의 책을 한창 탐독했던 때는 우울증 진단을 받은 직후였다. 그 전에는 시오랑을 일부러 안 읽고 있었다. 가장 생산적이었던 시절에 파리에서 무일푼의 대학생과도 같은 생활을 한 금욕적인 작가이자 니체가 되는 것, 심지어 파스칼이 되는 것이 여전히 가능하다는 듯 자기가 쓴 잠언들을 소중하게 갈고 닦은, 단상 작가라는 신화의 주인공 시오랑. 고증이라는 고된 작업을 귀공자 흉내를 내듯 멸시한 시오랑. 바르트와 데리다 같은 작가들의 고증 작업을 매우 높이 평가하는 독자였던 나에게 시오랑의 그러한 신화는 형이상학적 키치 나부랭이라는 인상을 풍겼다. 내게 연기 취향이 있었다고는 해도 그의 심오함 연기는 과하게 느껴졌다. 하지만 우울증 진단을 받았을 당시의 나는 그런 그가 마음에 들었다. 이빨처럼 신랄하면서도 세공 보석같이 정교한 작가. 문학에 대한 모든 환상에서 벗어나 있으면서도 더없이 경이로운 수사적 효과를 낼 줄 알고 우울한 정신 상태를 완벽하게 요약할 줄 아는 작가. '혼미한 어둠'을 완벽하게 '찔러보는' 작가.[3] 언젠가 나는 시오랑의 《절망의 언덕에 올라》를 여자 친구에게 흔들어 보이며 "이게 중요한 거야, 중요한

---

3   시오랑의 책 《참형》에 수록된 에세이 중 하나인 〈혼미한 어둠을 찔러보는 시도들〉.

건 이것뿐이야."라고 단언하기도 했다. 우리의 불안정한 관계와 내 혼란한 삶의 목표를 놓고 여자 친구와 무익한 논쟁을 벌이던 와중이었다. 두 번째 사춘기였을까? 지금 생각하면, 두제곱의 사춘기였다. 이 책에서 시오랑은 결국 이렇게 말한다.

내가 괴롭다는 게, 내가 생각한다는 게 무어 그리 중요할까? 내가 이 세상에 있어봤자 몇 명의 평온한 생활을 방해하기나 할 텐데. 그리고 또 다른 몇 명의 순진무구한 마음을 어지럽히기나 할 텐데. 내가 느끼기엔 나에게 닥친 비극이 역사상 가장 심각한 비극, 거대한 제국이 무너지거나 하는 것보다 더 심각한 비극이지만, 그럼에도 나는 내심 내가 극히 하찮다는 것 또한 알고 있다. 이 우주에서 나라는 존재가 아무것도 아니라는 것은 내 완고한 판단이다. 하지만 그렇다고 해도 우주에서 실재하는 것은 나라는 존재뿐이라는 것이 내 감각이다.

1998년 봄의 어느 저녁, 나는 약물과 그날의 불안으로 또다시 녹초가 되어 침대에 드러누웠다. 어쩌다 한 번씩 생기는 강의 수입으로는 생활이 거의 되질 않았고, 공황 발작과 절망 발작은 여전히 잦았다. 매일 저녁 그렇게 누워서 내가 당면한 문제들이 닿지 않는 곳으로 도망치려

애쓰며 라디오에 귀를 기울였다. 효과가 있었다. 난생처음 혼자 있는 것이 싫지 않게 느껴졌고, 꽤 차분해졌다. 남은 것이 별로 없었으니 잃을 걱정도 없었다. 당시에 나는 대개 음악 채널을 들었는데, 어느 날 밤에는 잠결에 한 남자의 목소리가 라디오에서 들려왔다. 그가 낭독하는 책 속의 화자는 자신이 지냈던 잉글랜드 동부 지역으로 요양 차 떠난 작가였고, 그곳의 풍경과 역사를 답사한 내용을 들려주었다. 한 번도 가보지 못한 그곳의 으스스한 광활함이 비몽사몽간에 눈앞에 그려지는 것 같았다. 풍경이 그렇게 환히 떠올랐다가 다시 희미해지는 동안, 그 작가는 토머스 브라운 경이라는 처음 듣는 이의 생애와 작품에 대해 서술하기 시작했다. 토머스 브라운은 신학, 자연사, 고고학에 관한 색다른 전문서들을 쓴 저자였다. 나는 도서관에 가서 브라운을 찾아봐야겠다는 계획을 메모해 두었다. 그리고 돈이 생기면 W. G. 제발트의 이 책《토성의 고리》를 구입해야겠다고도 적어두었다.[4] 그때 나는, 바르트가 즐겨 쓴 표현인 '나의 작가'를 찾은 듯 반가웠다. 10여 년 만에 다시금 느껴보는 반가움이었다.

한참 후에 글쓰기가 현실적인 가능성이 되고 특정 형태

---

4   라디오에서 낭독된 책이《토성의 고리》다. 이 책에서 화자는 토머스 브라운의 유골을 추적하고 그의 작품 세계를 탐구한다.

의 에세이가 나에게 가능한 유일한 글쓰기가 되었을 때, 나는 내가 제발트의 영향 아래 있음을 자인하며 나이브 하게 그의 발자취를 따라가 보고자 했다. 그의 책 속 풍경 보다 더욱 음산한 풍광들이 펼쳐지는 영국 시골 지방을 돌아다니며, 과거로부터 그리고 문학으로부터 소환한 그의 환등상적 장면들을 모방할 수 있기를 바랐다. 다만 내 글에는 제발트의 무거움이 없기를 바랐고, 그의 (자주 간과되는) 가벼움도 없기를 바랐다. 그러나 제발트의 글 속에는 좀 더 근본적인 차원에서 나에게 영향을 끼쳐 오는 무언가가 있었다. 대상을 바라보는 시선, 마치 환각을 볼 때처럼 선명하고 강렬해서 언제라도 허물어져 버릴 듯 아슬아슬한 시선이 그것이었다. 그 시기의 내 사고 패턴도 딱 그런 식이었던 것 같다. 이러다가는 세계가 나를 떠나버릴지도, 아니, 어쩌면 내가 이 세계를 떠나게 될지도 모른다는, 하지만 그런 와중에도 과거와 현재의 것들은 (자세히 보이진 않더라도) 느리고 끈질기게 계속되고 있는 것 같다는 생각이 들었다.

우울증 환자의 클리셰 중 하나는 이른바 '머릿속의 안개'로, 유리 덮개가 안개로 가득 차 그 안개가 뇌 속으로 스며든 느낌을 가리킨다. 나는 이러한 내 머릿속의 안개가 예전과는 달리 생각의 한 방식일 수 있겠다고 여기기 시작했다. 예전에는 그 안개가 생각과는 정반대의 상태,

생각을 전혀 하지 못하는 상태로 느껴졌지만, 이제는 그
것이 생각의 방식일 수 있다면 또한 글쓰기의 한 방식일
수도 있을 것 같았다. 내가 글쓰기 앞에서 겪는 문제(증거
물 A: 완성되지 않은 학위 논문)는 명료함과 에너지의 부족,
그리고 집중력의 감퇴라고 늘 생각했었는데 이젠 다르게
생각해 보게 되었다. 안개 그 자체를 가지고 글을 써낼 수
도 있지 않을까? 혼미함, 난잡함, 쇠잔함을 가지고도 글
을 써낼 수 있지 않을까? 재난 그 자체의 내부로부터 글
을 써낼 수 있지 않을까?

　제발트의 《토성의 고리》에 실린 흐릿한, 상태가 좋지
않은 사진과 기타 삽화 들을 들여다보면서는, 몇 년 만에
처음으로 롤랑 바르트에 대해 다시 생각해 보게 되었다.
(물론 나는 바르트에 대해 계속 생각하고 있었고 그의 작품을
가르치기도 했지만, 그것은 이론적 거리를 둔 생각과 행동이었
다. 바르트의 글을 내가 얼마나 사랑하는지 그제야 다시 생각하
게 된 것이었다.) 아니나 다를까, 나는 《밝은 방》으로 되돌
아갔다. 내가 지닌 얼마 안 되는 가족사진들에 대한 글이
나온다면 그것은 어떤 글일지, 그 글에는 무슨 의미가 있
을 수 있을지 상상해 보려고 했다. 밤이 깊도록 그 사진
들을 열심히 들여다보며 그 안으로 들어갈 길을 찾아보
려고도 했다. 1950년대 말의 젊은 어머니를 찍은 사진이
있었다. 처음 더블린에 와서 공무원으로 일을 시작했을

때의, 순수함과 화려함을 똑같은 정도로 보여주는 모습이었다. 아버지 사진도 있었다. 어머니의 사진보다 10년 전에 찍은, 친구와 함께 프랑스를 여행했을 때의 사진이었다. 잘생긴 얼굴에 운동선수 같은 체격과 모험가적 분위기는 아버지가 중년에 보여준 내성적이고 엄격하기까지 한 모습과는 전혀 달라 보였다. 어머니와 아버지가 함께 있는 사진도 있었다. 결혼하기 전, 그리고 결혼한 직후의. 그 뒤로는 사진이 거의 없었다. 어머니가 병이 나고, 병세가 더 악화되면서는. 어머니가 사진 찍히기를 싫어하게 되면서는.

관심에 관하여

내가 가장 감탄하게 되는 에세이들을 보면, 어느 한 가지에 대해, 어떤 시기나 장소, 무언가의 특징이나 요소에 대해 매우 세밀하게 또는 매우 꾸준하게 관심을 기울이는 글들인 것 같다. 더욱이 그 에세이가 자신의 방식으로 관심 기울이기를 충실히 수행하고 있다면, 한층 더 감탄스럽다. 이러한 에세이는 세상에 관심을 기울이는 행위를 정형화하기도 하는데, 그 순간에 작가는 좋든 나쁘든 자신이 장시간의 관찰이나 고강도의 관찰을 업으로 삼는 사람이라고, 세상을 이 한 점 혹은 저 한 점으로 좁혀서 바라보는 사람이라고 선언하게 된다. (공교롭게도 '큐리오시티curiosity'[1]라는 말은 17세기에 바로 그처럼 작은 것들을 연구하는 일을 의미했고, 그런 일을 하는 사람을 뜻하는 '큐리오소curioso'는 몇 날

며칠 현미경을 들여다보거나 예술 작품 하나, 고고학적 발견 하나의 미적 디테일에 대해 떠들어댈 충분한 여가를 누리던 유식한 유한계급 남성들이었다.) 다음은 미술 비평가 T. J. 클락의 저서 《죽음의 장면》의 도입부로, 이 글에서 클락은 니콜라 푸생의 회화 한 쌍[2]을 진득하게 바라보기 위한 토대를 마련한다.

우리 중 다수는, 어쩌면 우리 모두는 어떤 이미지를 볼 때 반복적으로 바라보지만, 그 반복적 행위가 글로 쓰이는 경우는 없는 것 같고 쓰인다 해도 사람들에게 읽힐 만하다고 여겨지지는 않는 것 같다. 왜일까. 이미지란 한꺼번에 떠오르는 것이라고, 이미지란 본질적으로 혹은 충분한 정도로 그렇게 떠오르는 것이라고 내심 믿고 싶어서가 아닐까. […] 바라보는 일, 즉 멍하니 한곳에 눈을 두는 행동을 반복하는 일이 적어도 문장으로 적혀 있을 때는 왠지 당혹스럽게 느껴져서가 아닐까. (문장이 너무 수동적이지 않나? 너무 특권적이진 않나? 너무 원시적이진 않나? 너무 '남성적'이진 않나?) 두려워서 그런 건 아닐까. 이미지를 시간의 흐름 속으로 다시 던져 넣으면 우리가 이미지에 기대하는 일(움직이지 않도록 고정되기, 그

---

1   공교롭게도 '호기심curiosity'은 다음 챕터의 주제다.
2   〈고요하고 맑은 한때〉와 〈뱀에 물려 죽는 남자가 있는 풍경〉을 가리킨다.

렇게 고정되어 우리가 받아들일 수 있는 것이 되기)이 수포로 돌아갈까 봐 두려워서가 아닐까. 이유가 뭐든 간에, 이미지를 반복적으로 바라보는 행위를 배제하는 잘못은 시정되어야 할 것이다.

이러한 반복 행위에 대한 이야기는 이 지점에서부터 계속해서 길게 이어진다. 눈앞의 작품에 과도한 관심을 가짐으로써 비평가로서의 지위를 거부하는 데 어느 정도 성공한 이 미술 비평가는, 캔버스 안의 디테일 하나하나에 관심을 기울이기도 하고 자연광과 인공조명이 전시장 안에서 어떻게 다르게 조합되는지 기록하기도 한다. 그리고 자신이 왜 익숙한 전문 지식에서 벗어나고 싶어 하는지, 자기가 왜 관찰과 집중에 과도하게 몰입할 때 생기는 일을 이야기하고 싶어 하는지, 본인이 지금 왜 이러고 있는지, 그 동기에 대한 성찰을 이어나가기도 한다. 이는 곧, 의도적 관심을 연습하는 일은 힘이 빠지고 긴장이 풀리면서 무기력한 마음 상태, 무비판적인 마음 상태가 되어버리는 일이기도 하다는 걸 의미한다. 집중에는 어떤 무력함, 어떤 수동성이 요구된다는 것이다.

에세이스트에게 위와 같은 마음 상태는 존중할 만한 전략이자 매력적인 전략이다. 1974년에 조르주 페렉이 펴낸《파리의 한 장소에 대해 철저한 관찰을 시도함》이라는 짧은 책에서, 페렉은 파리 생 쉴피스 광장의 카페들을 전전하며 이틀에 걸쳐 그 광장 공간에 대해 '철저한 관찰'을 시도한다. 지나가는 사람들, 큼직하게 잘린 한 토막의 하늘, 구름 같은 비둘기 떼, 수많은 버스들("96번 버스는 몽파르나스 역으로 간다"), 청색의 자동차들, 녹색 외투들과 녹색 신발들, 광장 중앙의 예배당에서 빠져나오는 운구 행렬, 노인용 보행기를 미는 할머니 여러 명, "성직자처럼 보이는 베레모 쓴 남자", 또 버스들, 햇빛의 변화, 어렴풋한 그림자들, 하루가 저물 무렵 자신이 느낀 피로 등등을 묘사한다. 얼핏 보면 이 묘사는 광장을 통과하는 다양한 궤적, 거의 영구적으로 그 자리에 있는 사물들, 광고판이나 버스 번호판이나 상점 간판 등의 글자들과 기타 정보들에 대한 중립적인 기록 같다. 그러나 페렉 또는 그의 대역인 꼼꼼한 화자가 눈앞의 디테일들을 전부 관찰하기란 도저히 불가능하다는 것은 금세 분명해진다. 어떤 요소들(예컨대 버스들)은 중요하게 부각되고, 어떤 요소들은 사라진다. 82세의 한 여자가 거리를 지나간다고 페렉이 알려줄 때에는 대체 무슨 수로 행인의 나이를 안다는 것인지 놀라울 따름이다.

이러한 관심 실험 에세이의 신기한 효과 중 하나는 늘 눈앞의 대상으로부터 출발해서 사색의 나라에, 심지어 환상의 나라에 도착한다는 데 있다. 그렇게 관심을 가질 때

얻게 되는 것이 그 자유니까. 또 한 번 목록이라는 것이
포용적 위력을 발휘하는 순간이지만, 그것이 전부는 아니
다. 짐짓 무표정하게 펼쳐지는 평범한 시간과 평범한 것들
에 몰입하게 되는 순간이기도 하므로. 그러니 혹시 당신이
그 순간으로부터 벗어나기 시작했다면, 그때 당신의 눈앞
에 있던 것들을 가지고 에세이를 한 편 써줄 수는 없을까?
사진들과, 벌써 잘 기억나지 않는 이미지들과, 책들과, 그
리고 아직 책이 되지 않은 단상들을 가지고서 말이다.

호기심에 관하여

다음의 의문 목록을 보자. 세례 요한은 어떤 옷을 입고
있었을까? 노아의 홍수 이전에도 무지개가 있었을까? 오
전에 재채기를 하면 재수가 없을까? "누에의 기이하고 신
비로운 환생"[1]을 어떻게 설명해야 할까? 프로방스 지역의
아이들을 괴롭히는 털 과다증('모겔론스 병'으로 알려진 질
환)은 어떻게 설명해야 할까? 예수도 웃음소리를 냈을까?
예수도 누워서 식사를 했을까? 아이슬란드 기후와 관련
이 있는 병은 무엇일까? 두더지와 두꺼비와 독뱀을 유리
통에 함께 가두면 무슨 일이 벌어질까? (실제로 해보면 두

---

1 토머스 브라운 경의 《의사의 신앙》에 등장하는 표현. 누에가 누에고치를
거쳐 누에나방으로 다시 태어나는, 파멸과 재생의 과정을 가리킨다.

더지가 우세하다.) 자, 그럼 이제 어느 철저하고 대담하고 박식하며 엄청나게 뛰어난 스타일과 관찰력을 갖춘 작가를 상상해 보자. 위의 의문들부터 자기력, 산호, 결정학, 탄도학, 도자기, 사람 눈꺼풀에 대한 연구까지 가뿐하게 넘어갈 수 있을 만큼 호기심이 강한 학자를 말이다. 이러한 상상을 채우고도 남은 사람이 바로 토머스 브라운 경이었다. 문학자와 과학자를 막론하고 실험을 하지 않는 사람이 없었던 17세기에, 지식욕에 사로잡힌 에세이즘으로 모두를 압도해 버린 의사가.

토머스 브라운은 프랜시스 베이컨이 《학문의 진보》를 펴낸 1608년, 런던 칩사이드 지역에서 태어났다. 브라운의 삶은 의사 겸 작가로서 식견을 쌓는 것 외에는 별다른 일 없이 흘러갔으며, 그렇게 사생활이 축소되면서 학식과 사고와 영향력은 확대되었다는 것이 통설이다. 브라운이 1637년에 노리치에 정착했던 때는 옥스퍼드, 몽펠리에, 파도바, 레이던 등의 도시에서 의학을 공부한 뒤였고, 그가 노퍽[2] 주의 젠트리[3] 계급을 위한 병상을 성실하고 친절하게 지켰다는 것이 현지인들의 일치된 의견이었다. 그러나 말년의 브라운은 국제적 명성을 누린 작가였기도 해

2　잉글랜드 동부 해안에 위치한 주. 주도는 노리치이다.
3　세습 토지를 소유한 전통적인 유한계급.

서, 존 이블린과 같은 문인들과 신설 왕립 협회의 거장들이 그의 친구들이자 편지 상대들이었다. 17세기 에세이스트들을 통틀어(어쩌면 영어권의 모든 에세이스트를 통틀어) 가장 기묘한, 가장 매혹적인 산문을 써냈던 그는 77세 생일에 세상을 떠났다.

토머스 브라운의 첫 저서는 《의사의 신앙》[4]이었다. 이 책은 의사들이 음란하고 부정하며 탐욕스럽고 무식하다는 비난에 더해 명백한 무신론자라는 비난을 상시적으로 받던 시대에 한 젊은 의사가 본인의 복잡한 기독교적 신앙과 충정을 서술하는 내용이다. 노리치는 청교도들의 거점이었고, 《의사의 신앙》은 저자를 교황파 옹호자로 보이게 할 위험이 있는 책이었다. 하지만 서로 대립하는 기독교 계통들 틈에서 너무 알쏭달쏭하게 수용적인 입장이었던 탓인지, 브라운이 자신의 입장을 수정하는 동안에 퀘이커들이 동조를, 가톨릭들이 비난을 표하기도 했으며 그리하여 나중에는 다양한 직업의 대가들이 그의 저술에 동조하거나 아니면 경건하게 반대해 가며 각자의 신앙을 묘사하는 새 인기 장르까지 나타나게 되었다.

브라운의 글과 생각은 갈레노스와 아리스토텔레스의

---

4 수정된 버전이 출간된 것은 1643년이고, 그 전까지는 무허가 버전이 돌았다.

권위에 의지하던 오랜 관습들과, 실험과 아우톱시아,[5] 즉 직접적이고 대면적인 관찰이라는 새로운 규범들이 동시에 존재하던 시대에 탄생한 것이었다. 그러니 학습된 오류들의 카탈로그라고 할 수 있을 그의 두 번째 책이 그토록 어처구니없고 이상한 책으로 보이는 것도 그런 어중간한 시대적 영향 때문이었다. 브라운의 두 번째 저서에는 (참새들의 뇌를 저울에 올려 무게를 재거나 애완 독수리와 애완 해오라기의 습성을 기록하는 등) 동물 실험이 진행되는 대목도 있는 한편, 고색창연하고 허황한 민담에 의지하는 동물 우화집을 향한 미온적 애정이 드러나는 대목도 있다. 1641년에 나온 《널리 알려진 가짜 학설들》[6]이라는 이 책은, 신화 속 동물인 그리핀과 유니콘의 존재 가능성에서 시작해 괴물 바실리스크의 원거리 살상 능력에 대한 소문을 거쳐 오소리의 다리 길이가 좌우 짝짝이라는 속설에 이르기까지 한마디로 유사 과학의 '진귀품 전시실'이라 할 만하다. 유대인에게서 악취가 난다는 세간의 믿음을 거부할 정도로 상식 있고 편견 없는 브라운이었지만, 그의 근대성에는 한계가 있었다. 1662년에 베리 세인트 에

---

5 라틴어 'autopsia'에는 대면 관찰이라는 뜻과 함께 부검이라는 뜻도 있다.

6 부제는 '다수의 인정받는 학설들과 일반적으로 당연시되는 진리들에 대한 조사'이다.

드먼즈[7]에서 마녀재판이 열렸을 때 브라운은 전문가 증인으로 참석했는데, 그는 의사로서 피의자들의 히스테리 증상을 언급하기는 했으나 마법의 존재를 부정하지는 않았고, 결국 두 여성 피의자는 교수형에 처해졌다.

토머스 브라운의 작업물은 호기심을 지향하는 에세이의 극단적 사례다. 그의 작품은 에세이스트를 둘러싼 세계에의 몰입적 발견을 지향하기도 하지만, 그러한 발견을 처리하는 방식, 예컨대 자신이 발견한 것을 소장품으로 삼는 방식을 지향하기도 한다. 목록을 향한 에세이스트의 사랑, 에세이의 나열 습성(사물들을 그냥 쭉 나열한 뒤 독자로 하여금 그것들을 연결 짓도록 유도하는 습성)에는 그런 충동이 깃들어 있다. 벤야민이 《아케이드 프로젝트》에서 이 작법을 채택했을 때 그의 친구 아도르노는 "사실에 불과한 것들을 깜짝 놀란 표정으로 묘사하는", 발칙하게 비#변증법적인 작법이라고 평했다. 에세이는 본질적으로 방랑에의 갈망이지만, 그것의 모험은 질서 정연한 정체停滯라는 역설적 방법으로도 감행될 수 있다. 한 편의 에세이 안에 그렇게 모든 요소들이 가지런히 배열되어 있는 모습은 '진귀품 전시실'과 흡사하며, 또한 그 모습은 수집품 바깥

---

7 잉글랜드 서쪽 주의 주요 도시.

세계의 움직임을 수집품이라는 이미지로 고정 짓는 모종의 정교한 소우주 같기도 하니까. 그렇게 수집실 Wunderkammer[8]이 된 에세이에서는 모든 것이 그 자체로 각자 존재할 수 있지만, 그 안의 모든 요소들은 서로가 서로에게 은유적인 관계, 유사성이나 친연성의 선을 그어보는 관계일 수밖에 없을 것이다.

자연사 표본들과 고고학 유물들로 이루어진 브라운의 개인 소장품은 그의 생전에 꽤 유명했다. 또 한 명의 영국인 에세이스트이자 박식가였던 존 이블린은 토머스 브라운의 저택과 정원이 "희귀한 것들의 낙원이자 전시실"이라고 생각했다. 브라운 본인은 에세이를 소장품 혹은 소장품을 두는 공간이라고 생각했으며(박물관이 곧 에세이라고도 생각했다), 그러한 생각에 심취하여 에세이라는 형식과 박물관이라는 형식 둘 다를 고려한 매우 이상야릇한 패러디 글을 써내기도 했다. 1684년에 집필된 〈비공개 박물관〉이 그것으로, 이른바 상상 속 소장품들의 카탈로그인 이 글에는 다음과 같은 내용이 수록되어 있다.

19. 유리에 기름을 넣어 만든 시계Clepseloea[9] 고대 그리스인들은

---

8 '진귀품 전시실'을 뜻하는 영어 'a cabinet of curiosities'는 독일어 '분더카머Wunderkammer'를 직역한 단어다.

9 영어로는 'Clepsydra'. 어원적 의미는 '물hydōr 도둑kleptein'이다.

물을 넣어 만들었다.

20. 고로 지역 연안에서 잡힌 물고기의 배 속에서 발견된 반지. 베네치아의 영주가 바다를 신부로 삼기 위해 건넸던 반지라고 한다.

21. 개구리 머리의 십자 머리뼈로 만든 깜찍한 십자가.

22. 다채롭고 꾸밈없는 형상을 품고 있는 큼지막한 보석. 원통을 대고 자세히 들여다보면 완벽한 켄타우로스의 형상이 나타난다. 플리니우스가 언급한 그 보석들에 있던 아폴로와 아홉 뮤즈도 피로스 왕은 이런 방법으로 감상했을지 모른다.

23. 호메로스풍의 서사시 〈개구리들과 쥐들의 전쟁〉. 이 이야기는 커다란 민물꼬치고기의 아래턱 뾰족 뼈에 아기자기하게 묘사되어 있다.

위안에 관하여

지난 20년간 나는 데이비드 포스터 월러스가 '나쁜 녀석'이라고 부른 그것을 통상적인 현대식 진단명으로 불러왔다. 나의 우울증을. 처음에는 그것을 두려워하며 부정했지만, 진단을 받아들이고부터는 안도감 같은 게 느껴졌고, 특정한 종류의 글을 쓸 때는(어쩌면 일반적인 글을 쓸 때에도) 이 진단이 동력이 되어주기도 했다. 우울증에 걸린 작가가, 우울증에 걸린 아일랜드인 작가라면 더더욱, 미지의 존재냐 하면 전혀 그렇지 않다. (리자 로버슨은 이렇게 말했다. "우울 기질을 가진 사람은 믿음의 그물에 걸리기보다는 의심의 그물에 걸린다. 의심하는 것이 창의적이기 때문이다. 의심한다는 것은 복잡해진다는 것이다. 심지어 의심을 넘어 부정을 하는 일은 두 배로 그렇다. 의심은 그래서 에로틱하다.

우울한 공간이 그러하듯이. 의심, 에로스, 우울은 모두 감정의 장식물이다.")

이 병은, 내 우울증이 병이라고 할 수 있었다면, 처음으로 나의 글쓰기에, 내가 20대 때 제대로 익혀보려고 했던 학술적 글쓰기와는 상반되는 진짜 글쓰기에 시동을 걸어 주었다. 나는 글쓰기를 치병 요령과 같은 것으로 여겼고, 한동안은 그 요령이 효과가 있었다. 우울증이 걷히고 생활이 생기기 시작하면서는, 고통이 과거가 된 것은 아니었지만 그 고통을 봉인하는 것, 그 고통을 그때와 지금 사이를 떠도는 모종의 비활성 상태로 만드는 것은 가능하겠다고 생각할 수 있게 되었다. 나의 글쓰기는 그 '나쁜 녀석'이 두 번 다시 돌아오지 않을 수 있도록 그 녀석을 기억해 주고 대접해 주는 장소였다.

물론 그 녀석은 다시 돌아왔다. 시작은 서서히, 생각의 구석이 아주 약간 그늘지는 정도, 여름날 오후 친구네 집 정원에 혼자 있을 때 숨쉬기가 조금 힘들어지는 정도로. 우울증의 특징, 그러니까 내 우울증의 특징 중 하나는, 때로 몇 년씩 지속되기도 하는 무병기를 지나는 동안에 일상적 짜증, 후회, 슬픔과 진짜 그 녀석의 귀환을 구분하기가 불가능하다는 것이다. 더 늙었는데 더 현명해지지는 않은 우울증이 나의 신경에 난입해 깜짝 복귀 공연을 펼치는 식이다. 내 신경계가 처음으로 완전히 무너져 내렸던 20대 중반 이후 몇 년간, 내가 또다시 무너지고 있는 것 같다는 두려움이, 아니 확신이 자주 나를 찾았다. 그럴 때마다 수면 장애가 생겼고, 기분이 엉망으로 흐트러졌으며, 내 미래를 그리는 데 필요한 은유들이 급속도로 고갈되었다. (무엇보다도 우울증이 나에게 준 감각은, 계속 유지되는, 어쩌면 점점 나아지는 삶을 그리는 데 필요한 상징과 이미지의 저수지가 그렇게 바짝 말라붙어 간다는 느낌이었다.)

다만 시간이 흐르고 개인적·직업적 전망이 무르익으면서, 이 정도의 작은 심리 폭풍들이라면 나 같은 허수아비도 진짜 인간처럼 버텨낼 수 있음을 배우게 되었다. 그렇게 시간이 가면서, 면역력이 생겼다거나 안전해졌다는 느낌까지는 아니었지만, 아주 짧게라면, 당분간이라면 괜찮지 않을까 하는 느낌이 들기 시작했다. 하지만 그 생소한 평온함이 오래가는 것은 아니어서(기껏해야 2-3년이었다), 나는 그 평온이 깨질까 또 두려워하기 시작했다. 그리고 그런 두려움이 느껴지면, 우울증의 재발 가능성을 제대로 마주하기가 꺼려졌다. 나는 부정의 논리를 만들었다. 재발이라고 착각한 적이 많았잖아? 이번에도 아닐 거야. 재발이라니, 그럴 리 없어.

그러한 상황 모두를, 즉 그 두려움과 그런 두려움을 제압하는 데 실패한 상황들을 내 40세 생일을 전후로 몇 년간 내가 은연중에 글로 표출했었다는 사실은 지금에 와

선 명백해 보인다. 그 시기는 표면적 위기는 물론이고 외적으로 내 삶이 쪼그라든다는 징후 하나 없이 태평스럽게 지나간 때였다. 내가 그 공포에 대해 가까운 곳에서가 아니라 좀 멀리 떨어진 곳에서 쓴다면, 내가 그 공포를 의심의 눈으로 묘사한다면, 그 공포는 그 자리에 머물러 있으리라는 것이 내 생각이었다. 어쨌든 그 글은 내가 지금 그 공포로부터 도망치고 있는 것이 아니라고 자부할 수 있을 만큼 그 공포에 대해 충분히 말하는 글이어야 했다. 내가 통제할 수 있어야 했다. 그것이 바로 내가 잘하는 일이었다. 통제하는 일이. 예컨대 글을 쓸 때에도 나는 에세이, 기사, 리뷰를 쓸 때는 물론이고 단행본을 쓸 때조차 철저한 계획 없이는 아무것도 못 쓰는 사람, 글이란 세상으로 내보내지기에 앞서 풀이될 수 있고 풀이돼야 하는 수식數式 같은 것이라고 생각하는 사람이었다. 그래서 항상 의문이었다. 다르게 쓸 수는 없을까? 다르게 살 수는 없을까? 다르게 살려면 어떤 작가를 읽어야 할까? 어떤 책을 읽어야, 그중에서도 특히 어떤 에세이를 읽어야 이 상황을, 이런 나를 바꿀 수 있을까?

내 독서 인생에서 어떤 시기에는 같은 에세이들, 같은 기사들을 되풀이해 읽었다. 미치지 않기 위해서, 읽지 않으면 미칠 것 같아서였다. 이제 와서 생각해 보면, 아니 그 당시의 생각으로도, 내가 글에 요구하는 감정적, 지적,

실존적 무게가 그런 글들에 항상 다 실려 있지는 않았던 것 같다. 1985년에 어머니가 세상을 떠난 다음 날부터 몇 날 며칠을 열심히 읽었던 《NME》에는 그렇게까지 열심히 읽을 만한 페이지가 실은 거의 없었다. 그러나 한편으론 내가 한밤에 공황 상태에서 절망의 검은 바다 위로 발을 디디고 있던 그때, 레스터 뱅스 평론집의 감상적 허세와 함께하지 않았다면 내가 그렇게 떠 있을 수 없었다는 것 또한 잘 안다. 1997년에 회복기로 접어들었던 나는 두세 달 동안 이언 펜먼이 본인의 헤로인 중독에 관해 쓴 글을 읽고 또 읽었다. 이 음악 작가는 내 10대 시절의 영웅이었고, 한 끔찍한 남성 잡지에 실렸던 그 글은 나중에 발췌록 형태로 《가디언》에 게재되었는데, 아직도 나는 그 글의 첫 버전이 실린 그 잡지를 항상 내 책장의 손닿는 곳에 두고 있다. 이언 펜먼의 경험들은 내 경우와 전혀 달랐지만, 그 글 속의 몇몇 문장과 구절은 지난 20여 년간 내 기억의 주변을 배회해 왔고, 이날 이때까지 《아레나》 1997년 12월 호는 내가 제대로 하고 있는지 스스로를 체크하기 위해 요즘도 가끔씩 꺼내는 잡지다. 지금도 막 펼쳐보았는데, 우연히 이 단락이 눈에 들어왔다.

굵은 직선과 아주 얇은 원환의 사출 로맨스[1] 뒤로, 어떤 비틀린 '논리'가 이제야 보인다. 전에는 삶이란 폭탄과 같아서

뇌관을 제거해야 하는 것이라고, 삶이란 대수 방정식과 같아서 풀이법을 찾아내야 하는 것이라고 생각했었다.

나도 그리 다르지 않았다. 언젠가부터 모두가 모든 것의 '풀이법'에 대해 말하기 시작했지만 내가 이 단락의 마지막 구절을 훔쳐 썼던 것은 그 전부터 여러 번이었고(앞서 말했듯이), 나 자신이나 다른 이들에게 심판을 내릴 목적으로 저 구절을 떠올렸던 것도 여러 번이었다.

이 시기에 내가 그 '나쁜 녀석'의 접근을 막기 위해 사용한 방법은 그 어느 때보다 열심히 쓰는 것이었다. 나는 예나 지금이나 운이 좋게도 글 쓰는 일이 거의 끊이질 않는 편이고, 프리랜서의 삶이란 언제라도 무너져 내릴 수 있는 삶이라는 느낌을 떨쳐버릴 수 없다고 해도 비교적 암울한 생각들로부터 고개를 돌리게끔 해주는 과제가 내 손에는 항상 들려 있다. 그런데 어느 시점부턴가, 이런 식으로 마음을 먹는 방법이 통하지 않았다. 글쓰기가 근심하는 영혼을 소진시켜 영혼의 근심을 달랜다는 보조적인 역할을 다하지 못하게 된 것이다. 또한 내가 글에서 다루는 주제나 나의 글쓰기 양식이 세상에 관여하는 방식으로서 진실하다는 느낌도 들지 않았으며, 형식적으로 흥미

---

1 헤테로 커플의 성교를 뜻한다.

롭다는 느낌 역시 들지 않았다. (형식적으로 흥미로워야 한다는 것, 그것은 너무도 중요했다.) 우물이 말라붙었다는 느낌이 들 때는 어찌해야 좋을까? 다른 작가들은 어찌할까? 설상가상으로, 그렇게 망가져 버린 것은 나의 쓰는 자아만이 아니었다. 쓰는 자아를 지탱하는 '나'까지 망가져 있었다. 내 삶에서나 내 글에서 쇠잔과 포기의 증거가 드러난다 하더라도 계속 쓰고 계속 읽는다면 그 허술한 '나'를 육성하고 보호하는 것은 가능하리라고 생각했었는데.

습관은 잘 죽지 않는다. 그리하여 나는 특히 밤에 읽을 만한 새 에세이들을 찾아 헤맸다. 새로 나온 에세이만이 아니라, 새로이 다가올 에세이들을. 엘리자베스 하드윅의 〈빌리 할러데이〉는 그렇게 다가온 첫 에세이였다. 생존이 가능한 견고한 자아를 마침내 마련했다는 감각이 생긴 지 몇 년 뒤, 문득 내가 아주 작은 바람에도 흩어져 버릴 수 있다는 것을, 추상적 불안정감의 기류에 실려 멀리 흘러가 버릴 수도 있다는 것을 알게 된 순간에 처음 발견한 에세이였다. 하드윅의 쿨하게 초연한 문장들은 내가 매달릴 만한 무언가를 주었지만, 동시에 그 문장들은 그녀의 에세이즘이 극한을 이해하고 있는 듯 느껴질 만큼 의도적으로 혼란스럽게 쓰인 글이기도 했다. (딜런 토머스에 관한 하드윅의 에세이는 그 점을 확신할 수 있게 해주었다.) 나는

〈빌리 할러데이〉를 읽고 또 읽었고, 내 학생들에게도 읽혔으며, 글을 쓸 때에도 영감을 얻고자 그 에세이를 들여다볼 구실을 찾았다. 어떤 식으로든 하드윅을 모방할 수는 없었지만, 그 에세이 덕분에 힘겨운 진실과 우울한 위안을 납품하는 짧은 잡지 기사들에 대한 믿음이 되살아날 수는 있었다.

그러곤 또 무엇이 있었나? 상황이 사실상 나락으로 빠지고, 머릿속 날씨는 흐림에서 혼돈으로 바뀌었으며, 나는 또다시 아무것도 읽을 수 없는 상태가 되었다. 그러나 기적적으로, 나의 쓰기는 계속되었다. 편집자들에게 일감을 달라는 메일을 보낼 엄두가 나지 않는 상태, 그 어떤 시간 약속도 지키지 못하는 상태, 붙잡아야 하는 구명 튜브를 그냥 흘려보내듯 마감일을 흘려보내는 상태였음에도, 의뢰받은 글이 아직 남아 있었던 것이다. 내 책들과, 지금 이 책을 쓸 수 있게 되기까지 내가 읽어야 했으나 읽지 못한 책들은 나를 에워싼 채 내 양심을 짓누르는 중이었다. 내 눈앞에서 나를 비난하고 있는 그 책들을 그때 나는 가능한 한 오랫동안 모르는 척했다. 그러다 마침내 밤에 홀로 최악을 상상하며 두려워하던 때, 내게 관심을 가진 이들의 손이 닿지 않는 먼 곳에서, 나는 생전 처음으로 내가 의지했던 책들로부터 순전하고 실질적인 위안을 얻었음을 인정하게 되었다. 위안을 얻고 싶다는 것 또한 책을 읽는 하나의 이유라는 사실을, 긴 세월 쌓인 증거에도 불구하고 절대로 인정하고 싶지 않았던 그 사실을 인정할 수밖에 없었다.

이제 와서 생각해 보면, 몇 달 동안 이상한 것들을 읽고 또 읽었다. 바닷속으로, 기차 밑으로 몸을 던져버리고 싶은 날마다의, 밤마다의 충동을 막기 위한 방법이었다고 하기에는 정말로 이상한 것들이었다. 존 던의 설교문들을 다시 읽기 시작했다. 그중에서도 시인 겸 목사였던 존 던이 1631년 봄에 화이트홀 궁전에서 찰스 1세와 그의 가신들 앞에서 읽었던 〈죽음의 결투〉를 집중적으로 읽었다. 그때 던은 죽기 직전이었고, 마지막으로 죽음이라는 사태 그 자체에 관해 설교하기로 마음먹었다. 죽음은 어디에나 있다는, 삶의 한복판에 죽음이 있다는 설교였다.

우리는 어미의 자궁에서 수의에 싸여 있나니, 몸과 함께 수의도 커진다. 세상에 태어날 때 우리는 이 수의에 싸인 몸으로 태어나니, 우리가 태어나는 것은 무덤을 찾기 위함인 까닭이다. 죄수가 누명을 벗고도 돈이 없어 감옥에 매이듯, 자궁이 우리를 석방한 뒤에도 살점의 끈은 우리를 구속한다. 이렇게 실에 매여 있으니, 저 멀리 떠날 수도 없고 이 안에 머물 수도 없다.

나는 연극 비평가 케네스 타이넌의 만평집[2]도 읽었는데, 더 이상 완벽할 수 없는 문장을 잡지나 신문 칼럼에, 예컨대 오손 웰스에 관한 글 속에 다음과 같은 식으로 슬쩍 집어넣을 수 있다는 점이 경탄스러웠다. "오손 웰스는 융통성 있고 원심적이며 다재다능한 재주꾼으로서의 빛을 잃고 어두워지지만, 심지어 어두워질 때조차 독창적으로 어두워진다." 나는 케네스 타이넌의 괴팍스러운 서한들도 읽었고, 1953년에 나온 《페르소나 그라타》라는 제목의 꽤 근사해 보이는 책도 읽었다. 《페르소나 그라타》는 당대의 명사들(가르보, 피카소, 캐서린 헵번, 이디스 시트웰 등)을 찍은 사진작가 세실 비튼의 사진들이 그 인물들에 대한 타이넌의 짧은 찬가들과 함께 실린 책으로, 타이넌은 여기서 또 한 번 시릴 코널리에 관해 이렇게 말한다.

《잠 못 드는 무덤》은 […] 알고 보면 그를 가장 오래 기억하게 해줄 묘비일지도 모른다. 이 책에서 코널리는 겁 없는 자기 분석가가 되어 자기 안을 들여다보고, 현대의 질병이라고 여겨지는 신경 질환(죄지음과 게으름의 결합에서 비롯되는 불안)의 증상들이 자기 안에 다 있음을 깨닫는다.

---

2   비평 에세이집 《인물 단평》을 가리킨다.

타이넌의 민첩하고 경쾌한 산문은 그의 글 속 인물들의 개인적 생활과 예술적 사명의 불안정성을, 그리고 감추기 어려운 자기 자신의 불안정감을 그림자처럼 드리우고 있는 경우가 많다. 돌아보면 나도 그에게서 바로 그러한 면을, 안정적인 것과 그 반대 속성의 것을 아무렇지 않게 결합하는 방식을 배우고 있었던 것 같다. 다만 재발한 우울증이라는 익숙한 짐과, 생활과 노동을 재편해야 한다는 익숙지 않은 짐에 동시에 짓눌려 꼼짝할 수 없었던 그때에는, 새로운(실제로는 대개 오래된) 쿨함과 심플함이야말로 나를 버티게 해주는 에세이들의 가장 매력 있는 면이라고 느꼈다. 심플한 면이라기보다 심플해 보이는 면이라고 할까. 꼼꼼한 계산을 거친 산문, 다양한 유형의 감정적·지적·미적 복잡함을 구현하는 산문이라고 할까. 어쨌든 그 당시 나는 그처럼 심플한 산문을 기준으로 내 음감을 (그리고 내 심장을?) 새롭게 조율할 수 있으리라 생각했다.

한편 처음으로 뮤리엘 스파크와 아니타 브루크너의 에세이들을(아니, 두 작가의 글이라면 무엇이든) 읽으면서는, 그들의 산문이 가진 쿨하고 매끄러우며 아이러니한 날카로움에 감탄했다. 뮤리엘 스파크의 〈어떤 이미지들이 다시 돌아오는지〉라는 1962년도 에세이에서는, 그녀가 그해 봄 부친이 왕립 병원에서 세상을 뜰 때까지 몇 주간 에든버러의 호텔에 머물며 보냈던 이야기를 읽었다. "인생에서 이런 시기에는 창밖을 평소보다 자주, 더 오래 내다보게 되는 것 같다." 창밖으로 바위산 캐슬 록Castle Rock이 내다보이는 그 풍경은 '망명자'인 스파크를 과거로 돌려보낸다. 학생이었던 그때로, 어른들이 '그럼에도 불구하고'라는 말을 남용하던 그때로, '영혼의 기쁨'을 얻으려면 심리적 투쟁을 치러야 했던 그때로. 그러고는 그녀를 다시 현재로 데리고 온다.

귀를 찌르는 호텔방 전화벨이 나를 오전 네 시에 깨우고는 아버지가 세상을 떴다고 간호사가 내게 말하는데, 어리둥절한 채로 몽롱한 정신에 집중하던 그 순간, 그렇게 잠이 덜 깬 머릿속에서 바위rock와 그 위의 성castle이 평소처럼 여명에 어른거리는 모습이 의식되었다. 마치 예상하지 못했던 일이라는 듯이, 그렇게 의식되었다.

잡담에 가까운 이야기는 여기까지 하고, 이제 1967년 후버 댐에 있었던 존 디디온에게로 가보자. 내가 지금껏 읽고 또 읽었던 불길하게 담담한 장면, 설명하기 힘든 위안의 힘을 지닌 장면이 이 글에 등장한다. 에세이 〈그 댐에서〉에 나오는 이 장면은 정확히 말해 디디온이 후버 댐에 다녀오고 3년 후로, 여기서 그녀는 자기가 그 댐에 다녀온 뒤로 댐의 이미지가 머릿속에서 완전히 사라진 적이

한 번도 없다고 말한다. 그 까닭을 말하지는 못하지만 말이다. 뉴욕이나 로스앤젤레스에서 누군가와 대화할 때에도, "내가 있는 데서 수백, 수천 마일 떨어진 곳에서 녹빛, 회갈빛, 자줏빛이 눈을 찌르는 그 바위 협곡을 배경으로 하얗게 빛나는 참신한 오목형 얼굴을 가진" 그 댐이 자꾸만 머릿속에 떠오른다. 그 댐의 면면이 머릿속에서 어른거린다. 굉음을 내는 발전기들, 불길해 보이는 취수구와 배수구 들, 1930년대의 낙관주의를 소환하는 청동 조각물들, 풍경 속으로 슬금슬금 사라지는 송전 선로들, 공간의 공허감, 저 위에서 "마치 스스로의 의지로" 움직이는 듯한 크레인. 그 댐이 디디온의 머릿속에서 그렇게 날마다 살게 된 이유는 그 댐의 역사가 설명해 주지도 않고 그 댐이 ("투명한 성적的 배경음들"과 함께) 상징하는 동력이 설명해 주지도 않는다. "그 모든 것들의 저편에 뭔가가, 동력 저편에, 역사 저편에 뭔가가, 내 머릿속에서 처리하지 못하는 뭔가가 있었다." 그러곤 그녀는 대리석에 새겨져 있던 별자리 지도를 떠올린다. 지구에 인간이 살지 않은 지 오래되었을 때 미래의 방문자들에게 댐 건설 시기에 대해 알려주기 위해 새겨졌다는 것이 가이드의 말이었다.

   당연하게도 그것은 내가 늘 보아온 이미지였다. 내가 뭘 보고 있는지도 잘 모르는 채 항상 보아온. 그것은 결국 인간으로부터 자유로운, 마침내 절대 고독 속에서 찬란히 빛나는, 아무도 없는 세상으로 힘을 전달하고 물을 내보내는 동력의 원천dynamo이었다.

다시 시작하는 것에 관하여

"마침내 절대 고독 속에서 찬란히 빛나는" 그런 에세이도 있겠지만, 내 경우는 좀 다르다. 나의 이 우울한 에세이즘은, 그러니까 나라는 작가, 나라는 인간의 편린들을 빠짐없이 엮어보고자 하는 이 에세이즘은, 그 모든 것이 고독으로 인해 생겨난다는 생각에 의지해 온 에세이즘이다. 오직 내가 있고 내 책들이 있고 지면이 있으면 된다는 생각에서 비롯된 에세이즘인 것이다. 기억할지 모르겠지만, 당신[1]이 〈황무지〉의 한 대목 "나는 이 편린들로 나의 잔해 ruins를 떠받쳐 왔다These fragments I have shored against my ruins"를 인

---

1   이 책을 헌정받는 에밀리 라바지이리라 짐작하는 편이 자연스러울 듯하다. 에밀리 라바지는 브라이언 딜런의 동료 작가(비평가이자 에세이스트)이다.

용했을 때, 나는 그 문장이 "나는 이 편린들로 나의 파탄 ^ruin^을 막아내 왔다"라는 데 추호의 의심도 없었다. 확인해 보지도 않고서. 반평생이 넘는 세월 동안 머릿속에서 그 시행을 들으며 살아온 나인데 그걸 틀릴 리가 없다면서. 하지만 틀린 건 당연히도 나였다. 파탄이 아니라 잔해였다. 수십 년간 바로잡지 못한 실수의 산물인 그 대목의 내 버전은, 이제 와서 돌아보면 나를 내내 괴롭혀 온 어떤 불안감의 증거처럼도 보인다. 편린들을 쌓아 올려 재난에 대비하겠다니. 'against'를 미래의 사태에 대비한다는 뜻으로 이해하다니. 삶과 글을 대하는 나의 불안한 태도가 이 한 행에 전부 압축되어 있다. '나는 내 파탄이 머지않았음을 확실히 알면서 이 편린들을 집필해 왔고, 이것이 내가 지금껏 마련한 전부다'라는 태도가. 어떻게 보면, 당신의 버전도 내 버전과 비슷한 것 같다. 당신의 버전에서는 비상사태가 정상 규범이 될 정도로 재난이 증식해 있지만, 그 외에는 내 버전과 별 차이가 없는 것도 같다. 하지만 그렇지 않다. 'shore'를 바리케이드 쌓기로 알아들은 나와 달리 당신은 'shore up'의 의미로, 지탱하기 혹은 부축하기 라는 뜻으로 제대로 알아들었다. 마치 당신의 가장 큰 충동은 편린들과 더불어 살아가기를 배우는 것이라는 듯이. 과거와 미래 사이에서 더미, 입자, 먼지의 형태로 흔들리는 그 잔해와 함께 살아가기를 배우는 것이야말로 에세이스트인 당신이 가진 가장 큰 충동이라는 듯이.

〈버지니아에 관한 에세이〉에서 윌리엄 칼로스 윌리엄스가 에세이의 갑자기 완결될 자유를 묘사하기 위해 그 이상한 은유를 사용하는 것을 에세이스트인 당신은 기억하겠지. 이 대목인데, 얼핏 보면 관습적인 도입부 같지만 실은 매우 독특하다. 이때가 1925년임을 감안하면 더더욱.

> 에세이 쓰기는 글 써보기이지 글쓰기 연습이 아니다. 써보기를 완결 짓는 행위가 에세이다. 언제든지 확고하게, 하나부터 열까지 다 정해져 있다는 점에서 에세이는 가장 사람을 닮은 문학 형식이다. 다른 것에 의해 손상되지 않는 문학 형식. 갑자기 멈출 수도 있지만, 그러한 멈춤도 당연히 완결이기에 완결성이 손상되지는 않는다. 더 살지 못하는 아이와 마찬가지이다.

이 이미지의 사용자가 시인이자 가정의임을 감안하면 그렇게 이상한 이미지는 아니지만, 이 대목은 완결성만으로 설명될 수 없을(완결성이지 통일성이 아니라는 점에 유의하자) 의외의 차원, 즉 폭력과 애도와 회상의 차원을 에세이에 더한다. 그러나 이 차원들은 〈버지니아에 관한 에세이〉라는 글 자체의 '정지-출발'이라는 형식, 이 글의 제목에 사용된 미국의 주 이름과 이 글의 작가가 명확히 설명하는 대신에 애매하게 묘사하고 싶어 하는 문학 장르 사이에서 왔다 갔다 하는 그 형식과 꽤 잘 어울린다.

작가는 에세이가 비의존적이며 완결적이라고 이렇게 열심히 말하고 있는데, 그 모습이 왠지 묘해서 어떤 아이러니마저 느껴진다.

글의 내용이 글의 색깔을 조금도 바꿀 수 없을 때 그 글은 에세이일 수밖에 없다고 말해야 할 것 같다. 사람을 닮은 에세이이고자 한다면 다른 에세이와 똑같아야 한다. 하지만 완벽한 에세이이고자 한다면, 단어 하나하나에 순번이 정해져 있어야 할 것이다. 예컨대 몸속의 뼈들과 머릿속의 생각들은 그렇게 순번이 정해져 있으니 그렇게 확고하고 영원불변인 것이다. 에세이에도 그렇게 순번이 정해져 있으면 헷갈리거나 속는 일은 전혀 없을 것이고 읽는 일의 즐거움은 더 클 것이다.

이렇게 전부 똑같고 명료하고 비의존적인 형식이지만, 이 형식에는 신기하고 제각각인 것들, 여러 양상이랄까, 성분이랄까, 그런 것들도 가득 담겨 있다. 이 새로운 약속들이 순서에 따라 놓여 있다는 표현은 어떨까. 그보다는 왠지 희한하게 배열돼 있다는 표현이 낫겠다. 에세이란 죽은 아이와 같다는 특이한 이미지를 앞부분에서 건네주었던 윌리엄스는, 뒷부분에서 또 하나의 이미지를 건네준다. 이상야릇한 이미지, 어떻게 보면 좀 생뚱맞은 이미지다.

토머스 제퍼슨[2]이 파리에서 돌아왔을 때 딸에게 줄 선물로 가져온 크리스틸[3] 젤리 스탠드. 그 스탠드의 세공된 줄기 끝에는 세공된 바구니가 걸려 있어 어떤 날엔 젤리를 담을 수 있다. 이처럼 가보와도 같은 물건이 앞으로도 종종 도착할 것이다. 이것이 모든 에세이의 본질이다.

2 미국의 제3대 대통령을 지낸 정치가. 1743-1826.
3 'crystal'에는 크리스틸(유리)이라는 뜻과 함께 결정체라는 뜻도 있다. 이 책의 에피그라프(7쪽)를 참고.

읽을거리[1]

거트루드 스타인, 《어떻게 쓸 것인가》
Gertrude Stein, *How to Write* (New York: Dover, 1975).

거트루드 스타인, 《지금 나를 봐, 여기 내가 있어》
Gertrude Stein, *Look at Me Now and Here I Am* (London: Penguin, 1990).

게오르크 크리스토프 리히텐베르크, 《쓰레기 책》
Georg Christoph Lichtenberg, *The Waste Books,* trans. R. G. Hollingdale (New York: New York Review Books, 2000).

니컬슨 베이커, 《생각들의 크기: 에세이들과 또 다른 럼버》
Nicholson Baker, *The Size of Thoughts: Essays and Other Lumber* (London: Vintage, 1997).

데이비드 포스터 월러스, 《재밌다고들 하지만 나는 두 번 다시 하지 않을 일》[2]
David Foster Wallace, *A Supposedly Fun Thing I'll Never Do Again* (London: Abacus, 1998).

데이비드 포스터 월러스, 《랍스터를 생각해 봐》
David Foster Wallace, *Consider the Lobster* (London: Abacus, 2007).

라 로슈푸코, 《잠언집》
La Rochefoucauld, *Maxims,* trans. Leonard Tancock (Harmondsworth: Penguin, 1981).

---

1   편집자 주: 저자가 엄선한 이 '읽을거리'는 본문에 언급됐거나 인용된 책(글) 뿐 아니라 에세이라는 형식을 이해하거나 탐험하기에 좋은 책(글)들을 영어판 제목으로 실은 목록이다. 한글 제목 병기에 있어선, 국내에 번역·출간된 책은 그 제호 및 서지 사항을 따랐고 그 밖의 책은 역자가 우리말로 옮겼다.

2   국내에 번역·출간된 《재밌다고들 하지만 나는 두 번 다시 하지 않을 일》 (김명남 옮김, 바다출판사, 2018)은 데이비드 포스터 월러스의 에세이집 세 권에 서 아홉 편을 추려 실은 책이다.

랠프 왈도 에머슨, 《수상록》
Ralph Waldo Emerson, *Essays* (London: Everyman, 1971).

레스터 뱅스, 《정신 이상 반응과 대마초 찌꺼기》
Lester Bangs, *Psychotic Reactions and Carburetor Dung* (New York: Anchor Books, 1997).

로버트 버튼, 《우울증의 해부》, 이창국 옮김, 태학사, 2004
Robert Burton, *The Anatomy of Melancholy* (New York: New York Review Books, 2001).

로버트 스미슨, 《선집》
Robert Smithson, *The Collected Writings,* ed. Jack Flam (Berkeley: University of California Press, 1996).

롤랑 바르트, 《밝은 방》, 김웅권 옮김, 동문선, 2006
Roland Barthes, *Camera Lucida: Reflections on Photography,* trans. Richard Howard (New York: Hill and Wang, 1982).

롤랑 바르트, 《텍스트의 즐거움》, 김희영 옮김, 동문선, 2022
Roland Barthes, *The Pleasure of the Text,* trans. Richard Miller (New York: Hill and Wang, 1975).

롤랑 바르트, 《롤랑 바르트가 쓴 롤랑 바르트》, 이상빈 옮김, 동녘, 2013
Roland Barthes, *Roland Barthes,* trans. Richard Howard (London: Macmillan, 1995).

리베카 솔닛, 《길 잃기 안내서》, 김명남 옮김, 반비, 2018
Rebecca Solnit, *A Field Guide to Getting Lost* (Edinburgh and London: Canongate, 2006).

리자 로버슨, 《닐링》
Lisa Robertson, *Nilling* (Toronto: BookThug, 2007).

린 틸먼, 《린 틸먼은 무엇을 할 것인가》
Lynne Tillman, *What Would Lynne Tillman Do?* (London: Red Lemonade, 2014).

매기 넬슨,《블루엣》, 김선형 옮김, 사이행성, 2019
Maggie Nelson, *Bluets* (Seattle: Wave Books, 2009).

메이브 브레넌,《잔말 많은 아가씨》
Maeve Brennan, *The Long-Winded Lady* (Dublin, The Stinging Fly Press, 2017).

메리 루플,《나의 사유 재산》, 박현주 옮김, 카라칼, 2021
Mary Ruefle, *My Private Property* (Seattle, Wave Books, 2016).

모리스 블랑쇼,《카오스의 글쓰기》, 박준상 옮김, 그린비, 2012
Maurice Blanchot, *The Writing of the Disaster*, trans. Ann Smock (Lincoln: University of Nebraska Press, 1995).

뮤리엘 스파크,《공기는 알고 있다》
Muriel Spark, *The Informed Air: Essays* (New York: New Directions, 2014).

미셸 드 몽테뉴,《에세》, 심민화·최권행 옮김, 민음사, 2022
Michel de Montaigne, *Essays,* trans. John Florio (London: Everyman, 1965).

미셸 뷔토르,《일람표》
Michel Butor, *Inventory,* ed. Richard Howard (London: Jonathan Cape, 1970).

발터 벤야민,《아케이드 프로젝트》, 조형준 옮김, 새물결, 2005
Walter Benjamin, *The Arcades Project*, trans. Howard Eiland and Kevin McLaughlin, (Cambridge, Massachusetts: Harvard University Press, 1999).

발터 벤야민,《계시》
Walter Benjamin, *Illuminations,* trans. Harry Zohn (London: Fontana, 1992).

발터 벤야민,《일방통행로》, 조형준 옮김, 새물결, 2007
Walter Benjamin, *One Way Street,* trans. J. A. Underwood (London: Verso, 1997).

버지니아 울프,《에세이 선집》
Virginia Woolf, *Selected Essays,* ed. David Bradshaw (Oxford: Oxford University Press, 2008).

버지니아 울프, 《런던 거리 헤매기, 그리고 그 밖의 에세이들》
Virginia Woolf, *Street Haunting and Other Essays*, ed. Stuart N. Clarke
(London: Vintage, 2014).

블레즈 파스칼, 《팡세》, 이환 옮김, 민음사, 2003
Blaise Pascal, *Pensées,* trans. A. J. Krailsheimer (London: Penguin, 1966).

빈프리트 게오르크 제발트, 《토성의 고리》, 이재영 옮김, 창비, 2019
W. G. Sebald, *The Rings of Saturn,* trans. Michael Hulse (London: Harvill,
1998).

빅토르 쉬클롭스키, 《산문의 이론》
Viktor Shklovsky, *Theory of Prose* (Champaign: Dalkey Archive, 1991).

수전 손택, 《해석에 반대한다》, 이민아 옮김, 이후, 2002
Susan Sontag, *Against Interpretation* (London: Vintage, 2001).

수전 손택, 《의식은 육체의 굴레에 묶여》, 김선형 옮김, 이후, 2018
Susan Sontag, *As Consciousness is Harnessed to Flesh: Diaries 1964–1980,* ed.
David Rieff (London: Hamish Hamilton, 2012).

수전 손택, 《다시 태어나다》, 김선형 옮김, 이후, 2013
Susan Sontag, *Reborn: Early Diaries 1947–1964,* ed. David Rieff (London:
Hamish Hamilton, 2008).

수전 하우, 《채석장》
Susan Howe, *The Quarry: Essays* (New York: New Directions, 2016).

시릴 코널리, 《장래성의 적들》
Cyril Connolly, *Enemies of Promise* (Harmondsworth: Penguin, 1961).

시릴 코널리, 《잠 못 드는 무덤》
Cyril Connolly, *The Unquiet Grave* (London: Hamish Hamilton, 1945).

아우구스티누스, 《고백록》, 박문재 옮김, CH북스, 2016
Augustine, *Confessions,* trans. R. S. Pine-Coffin (London: Penguin, 2002).

애니타 브루크너, 《사운딩스》
Anita Brookner, *Soundings* (London: Harvill, 1997).

앤 카슨,《유리, 아이러니 그리고 신》, 황유원 옮김, 난다, 2021
Anne Carson, *Glass, Irony and God* (New York: New Directions, 1995).

에밀 시오랑,《쇠망의 짧은 역사》
E. M. Cioran, *A Short History of Decay,* trans. Richard Howard (New York: Arcade, 1998).

에밀 시오랑,《참형》
E. M. Cioran, *Drawn and Quartered,* trans. Richard Howard (New York: Arcade, 1998).

엘리자베스 하드윅,《나만의 시선》
Elizabeth Hardwick, *A View of My Own* (London: William Heinemann, 1962).

엘리자베스 하드윅,《맨해튼의 바틀비, 그리고 그 밖의 에세이들》
Elizabeth Hardwick, *Bartleby in Manhattan and Other Essays* (New York: Random House, 1983).

엘리자베스 하드윅,《잠 못 드는 밤》, 임슬애 옮김, 코호북스, 2023
Elizabeth Hardwick, *Sleepless Nights* (New York: New York Review Books, 2001).

월러스 스티븐스,《필요한 천사: 현실과 상상에 관한 에세이들》
Wallace Stevens, *The Necessary Angel: Essays on reality and the imagination* (London: Faber, 1984).

웨인 퀘스텐바움,《굴욕》
Wayne Koestenbaum, *Humiliation* (New York: St. Martin's Press, 2011).

웨인 퀘스텐바움,《나의 1980년대, 그리고 그 밖의 에세이들》
Wayne Koestenbaum, *My 1980s & Other Essays* (New York: Farrar, Straus and Giroux, 2013).

윌리엄 개스,《실용 문장: 문학적 판결문과 문학적 설명서》
William H. Gass, *Life Sentences: Literary Judgments and Accounts* (New York: Knopf, 2012).

윌리엄 개스,《파람에 관하여》
William H. Gass, *On Being Blue* (Manchester: Carcanet, 1979).

윌리엄 개스,《시간의 시험》
William H. Gass, *Tests of Time: Essays* (Chicago: University of Chicago Press, 2002).

윌리엄 칼로스 윌리엄스,《상상들》
William Carlos Williams, *Imaginations* (New York: New Directions, 1971).

윌리엄 칼로스 윌리엄스,《에세이 선집》
William Carlos Williams, *Selected Essays* (New York: New Directions, 1969).

이언 펜먼,《바이탈 사인》
Ian Penman, *Vital Signs* (London: Serpent's Tail, 1998).

장 보드리야르,《유혹에 대하여》, 배영달 옮김, 백의, 2002
Jean Baudrillard, *Seduction,* trans. Brian Singer (New York: St. Martin's Press, 1991).

장 스타로뱅스키,〈에세이를 정의할 수 있을까?〉
Jean Starobinski, 'Peut-on définir l'essai?', *Cahiers pour un temps* (Paris: Centre Georges Pompidou, 1985), 185-196.

재닛 맬컴,《마흔한 번의 잘못된 시작》
Janet Malcolm, *Forty-One False Starts* (New York: Farrar, Straus and Giroux, 2013).

조 브레이너드,《나는 기억한다》, 천지현 옮김, 모멘토, 2016
Joe Brainard, *I Remember* (New York: Penguin, 1975).

조르조 아감벤,《행간: 우리는 왜 비현실적인 것에 주목해야 하는가》, 윤병언 옮김, 자음과모음, 2015
Giorgio Agamben, *Stanzas: Word and Phantasm in Western Culture,* trans. Ronald L. Martinez (Minneapolis: University of Minnesota Press, 1993).

조르주 페렉,《파리의 한 장소에 대해 철저한 관찰을 시도함》
Georges Perec, *An Attempt at Exhausting a Place in Paris,* trans. Marc Lowenthal (Cambridge, Massachusetts: Wakefield Press, 2010).

조르주 페렉, 《생각하기 / 분류하기》, 이충훈 옮김, 문학동네, 2015
Georges Perec, *Thoughts of Sorts*, trans. David Bellos (Boston: Godine, 2009).

조이스 캐럴 오츠, 〈실패에 관한 단상〉
Joyce Carol Oates, 'Notes on Failure', *The Hudson Review*, Vol. 35, No. 2 (Summer, 1982), 231-245.

존 던, 《산문선》
John Donne, *Selected Prose*, ed. Neil Rhodes (London: Penguin, 1987).

존 디디온, 《베들레헴을 향해 웅크리다》, 김선형 옮김, 돌베개, 2021
Joan Didion, *Slouching Towards Bethlehem* (London: Flamingo, 2001).

존 디디온, 《화이트 앨범》
Joan Didion, *The White Album* (Harmondsworth: Penguin, 1981).

줄리아 크리스테바, 《검은 태양》, 김인환, 동문선, 2004
Julia Kristeva, *Black Sun: Depression and Melancholia* (New York: Columbia University Press, 1998).

찰스 램, 《산문선》
Charles Lamb, *Selected Prose* (London: Penguin, 2013).

케네스 타이넌, 《인물 단평》
Kenneth Tynan, *Profiles* (London: Nick Hern Books, 2007).

테오도어 아도르노, 《미니마 모랄리아》, 김유동 옮김, 길, 2005
Theodor Adorno, *Minima Moralia*, trans. Edmund Jephcott (London: Verso, 2005).

테오도어 아도르노, 〈형식으로서의 에세이〉
Theodor Adorno, 'The Essay as Form', *New German Critique*, 32 (Spring-Summer 1984), 151-171.

토머스 드 퀸시, 《어느 영국인 아편 중독자의 고백》, 김명복 옮김, 펭귄클래식코리아, 2011
Thomas De Quincey, *Confessions of an English Opium Eater*, ed. Alethea Hayter (London: Penguin, 1986).

토머스 브라운 경,《대표작들》
Sir Thomas Browne, *The Major Works,* ed. C. A. Patrides (Harmondsworth:
Penguin, 1977).

트리스탄 차라,《일곱 편의 다다 선언문과 전등 제조법》
Tristan Tzara, *Seven Dada Manifestos and Lampisteries,* trans. Barbara Wright
(London: Calder, 1992).

프랜시스 베이컨,《베이컨 수상록》, 최혁순 옮김, 범우사, 1995
Francis Bacon, *The Essays* (London: Penguin, 1985).

프리드리히 슐레겔,《루친데와 단상들》
Friedrich Schlegel, *Lucinde and the Fragments,* trans. P. Firchow, (Minneapolis:
University of Minnesota Press, 1971).

감사의 말

이 책의 몇몇 부분은 《가디언》《아이리시 타임스》《캐비넷》《파이브 다이얼스》《프리즈》 등에 다른 버전으로 먼저 실렸다. 이 지면들의 편집자들에게 감사를 전한다. 잉글랜드 예술 위원회의 연구비가 이 책을 넉넉하게 지원해 주었다.

에세이들과 에세이스트들을 위하여

젊었을 때는 에세이를 전혀 안 읽었다. 서평이라고 생각하며 읽었던 글 중에 에세이로 분류될 만한 글이 있었겠지만, 읽으면서는 그저 소설을 읽기 위한 주석을 수집한다고만 생각했다. 돌이켜보면 에세이를 전혀 안 읽었다기보다 에세이를 읽으면서 내가 읽는 글이 에세이라는 걸 까맣게 모르고 있었다. 그렇게 모든 글을 소설로 읽었다. 로런스 스턴의 《센티멘털 저니》도, 심지어 몽테뉴의 에세이조차 소설을 읽듯 읽었다. 압도적인 소설들을 읽는 동안에는 싫은 것들을 외면하면서 내 소중한 영혼이 성장하고 있다고 믿을 수 있었다. 그러면서 스스로를 문학 애호가라고 믿었다. 애호가였대도 소설 애호가였을 뿐인데. 싫은 걸 외면할 기회가 주어졌음을 매번 의식하고 감사하지 않아도 된다는 게 꽤 큰 행운이라는 것도 당연히 몰랐던 때였다.

가장 싫은 건 건사해야 하는 몸이었다. 그 몸의 늙음이 실감되기 시작한 때가 얼추 소설이 안 읽히기 시작한 때였다. 세상은 혼돈이 아니라 시작이 있고 끝이 있는 이야기라는 믿음, 이야기여야 하지 혼돈이어서는 안 된다는 믿음, 고통스러운 내용이더라도, 심지어 비극적 결말이더라도 이야기를 알게 되는 것 자체는 유익하리라는 믿음, 그런 믿음을 감당할 수 없게 되는 것, 약해지는 것, 무너지는 것이 늙음이라고 나는 생각하게 되었다. 그렇게 노인의 정체성을 받아들이고부터는 소설 대신 에세이를 읽기 시작했다.

나는 에세이를 읽을 때 몸에 묶인 상태로 읽는다. 그런 점에서 나에게 에세이는 자기 계발서와 일맥상통한다. 다만 자기 계발서가 젊고 건강한 몸을 위한 책이라면, 에세이는 늙고 아픈 몸을 위한 책이다. 자기 계발서는 성공하는 법을 가르쳐주겠다고 하는 반면, 에세이는 남은 생을 살아가는 법을 가르쳐주겠다고 한다. 에세이에 어떤 짠함이 깔려 있는 건 그 때문인 것 같다. 성장할 영혼을 가진 독자는 에세이에 끌리지 않는 것 같다. 젊고 건강한 독자가 에세이의 짠함을 즐긴다면 그건 좀 무례한 악취미 같다. 에세이스트가 가장 만나고 싶지 않은 독자는 내려다

보며 안쓰러워하는 독자일 것 같다.

절대적으로 좋은 사람, 누구에게나 좋은 사람을 상상하기는 어렵듯, 에세이도 그런 것 같다. 나에게 맞는 에세이는 따로 있는 것 같다. 내 여생을 살아가는 데 본보기로 삼고 싶은 글들. 그런 글을 다른 사람에게 선물하고 싶어지는 데는 모종의 동지 의식이 작용하는 것 같다. 생존의 동지들. '당신도 가끔은 힘들지 않은지. 이 책에 유용한 생존 팁이 있길래.' 이렇게 대놓고 말하진 않지만, '당신이 더 버텨주지 않으면 다음 차례는 나니까 거기서 조금만 시간을 끌어줘.' 아니면 '여기서 같이 시간을 끌자.' 이런 말을 대놓고 하지는 않지만. '굳이 왜?'라는 질문은 늘 뒤통수를 노려보고 있지만.

아무리 사담이라도 이렇게만 말하면 에세이라는 장르에 좀 미안하다. 에세이는 고작 이런 나의 여생을 위한 장르가 아닌데. 그보다는 상상할 수 있는 가장 좋은 사람까지 포함하는 '나들'의 여생을 위한 장르에 가까울 텐데. 물론 나 같은 독자가 그렇다고 말해봤자 무슨 설득력이 있겠느냐마는. 사담은 여기까지 하고 이제 책에 대한 메시지를 짧게나마 전해보자면, 《에세이즘》은 나 같은 에세이 독자의 안타까움을 해소해 주는 책이다. 에세이 장르에 대한, 그리고 문학 독자가 여생의 본보기로 삼는 저마다의 에세이에 대한 정확한 경애의 언어를 가르쳐주는 책이다.

《에세이즘》은 '굳이 왜?'라는 질문에 대답해 주진 않지만, 대신 그 질문이 오장육부를 훑고 지나갈 때 정신 줄을 놓지 않을 비법은 전수해 준다. 그 비법 중 하나는 한마디로 내 여생의 플레이리스트 만들기. '위안'이 필요한 시점이 왔을 때(그 시점은 책에서 점점 더 자주 닥쳐온다[1]) 브라이언 딜런은 자기가 읽었던 책의 문장들을 불러내 그 기억의 파편들로 자신의 불안과 절망을 짓는다. 그가 읽은 책이 내 것과 아주 많이 겹치지는 않겠지만, 그의 비법만은 배워놓고 싶다. 그리고 그의 최애 작가들이 저마다의 여생에서 가장 위안이 필요했을 시점에 쓴 에세이들, 예컨대 벤야민의 《베를린의 유년 시절》, 나보코프의 《말하라, 기억이여》, 울프의 〈존재의 순간들〉을 제대로 읽어보고도 싶다.

김정아

---

1 《에세이즘》에서는 여섯, 다섯, 네, 세 챕터마다 위안이 필요해진다. (목차를 참고.)

에세이즘
Essayism

지은이	브라이언 딜런	발행처	카라칼
옮긴이	김정아	출판 등록	제2019-000004호
		등록 일자	2019년 1월 2일
초판 1쇄 발행	2023년 8월 7일	이메일	listen@caracalpress.com
초판 3쇄 발행	2024년 12월 16일	웹사이트	caracalpress.com
편집	김리슨	Printed in Seoul, South Korea.
디자인	핑구르르	ISBN 979-11-91775-07-5 03800
